오늘도 살아내겠습니다

파리, 그 극적인 거리에서 마주한
천국과 지옥에 대하여

크리스티앙 파쥬
지연리 옮김

오늘도 살아내겠습니다

김영사

불안한 미래를 산다는 것

크리스티앙 파쥬를 처음 만났을 때만 해도 나는 그에 관해 아는 것이 거의 없었다. 언젠가 한번 신문 기사에서 이름을 본 것이 전부였다. 그와 만나 《오늘도 살아내겠습니다》에 대해 이야기를 나눌 때에도, 내가 어떤 일을 하게 될지 잘 몰랐다. 나는 불안했고 자신이 없었다. 그가 길에서 어떻게 글을 쓰고 정확히 어떤 책이 나올지 확신이 없었다. 그리고 내가 무엇을 도와야 하는지도 몰랐다. 이런 나를 그나마 안심시킨 것은 그의 성 '파쥬Page'◦였다. 이런 성을 가진 사람이라면 좋은 글을

◦　책의 한 면. page는 영어와 프랑스어 모두 철자와 의미가 동일하다.

쓸 수도 있겠다 싶었다.

레퓌블리크 광장에 도착하자마자 나는 그에게 전화를 걸었다. 전화기 너머로 부드러운 음성이 들려왔다.

"곧 도착합니다. 마리안느 동상°을 등지고 기다리세요."

잠시 후, 그가 어디선가 홀연히 나타났다. 배낭의 무게 탓인지 그의 걸음은 상당히 느렸다. 가까이 다가서며 우리는 서로를 탐색했다. 그는 나를 경계하는 것 같았다. 확실히 나보다 더 그랬다. 나중에야 알게 된 사실이지만, 그는 한눈에 나를 알아보았다고 한다. 사람을 파악하는 날카로운 능력은 거리에서 3년을 보낸 뒤 얻게 된 것이었다. 이후 그의 능력은 곧잘 나를 놀라게 했다.

그는 나와 악수를 하며 환한 미소를 지었다. 이번에는 진심에서 우러나온 미소였다. 그가 나를 머저리가 아닌 괜찮은 사람으로 분류했기 때문이었다. 그 정도면 괜찮은 시작이었다.

템플 거리를 거슬러 오르며 그는 나에게 아들 사진을 보여주었다. 이것을 시작으로 그가 오래전부터 글로 옮기기를 바

°   자유·평등·박애의 프랑스 혁명 정신을 상징하는 여신상.

랐으나 불가능하다고 여겼던 이야기의 봇물이 터졌다. 집필 과정이 힘들었던 이유는 겨울이기 때문이었다. 노숙인에게 겨울은 1년 중 가장 고된 계절이지만, 그에게는 다른 방법이 없었다.

출판 가능성을 두고 그는 나보다 더 회의적이었다. 비와 추위 속에서 글을 완성할 수 있을지 걱정도 많았다.

그와 나는 맥주를 사서 들고 운하로 내려가 벤치에 앉았다. 이후 우리가 나눈 대화에서 가장 기억에 남는 것은 그의 유머 감각이었다. 자신의 경험담을 귀 기울여 들어줄 누군가가 절실했을 마음도 쉬이 잊을 수 없었다. 여하튼, 잘된 일이었다. 내가 그를 찾아간 것은 뭐든 돕기 위해서였으니까.

헤어질 무렵, 그는 가방에서 빵 한 조각을 꺼냈다. 그리고 내게 반을 잘라 주면서 갈매기들에게 주라고 말했다. 그와 나는 구름 한가운데 있는 듯했다. 갈매기들이 울고, 크리스티앙이 웃었다. 그는 갈매기들에게 각각 이름을 붙여주었다. 이 우스꽝스러운 시인 앞에서 나는 무방비 상태가 되었다. 그리고 그보다 더 크게, 새들보다 더 크게 웃었다.

이 웃음은 파리 동부의 노숙인들과 함께하는 내내 끊이지 않았다. 신문 기사를 읽고 상상한 것과는 반대로, 그들은 내

게 늘 커다란 즐거움을 주었다. 좌절과 슬픔에 맞설 최고의
무기이자 생을 향한 외침인 웃음이라는 선물을 말이다.

그해 겨울 나는 생트마르트 광장에서 매일 오후 크리스티
앙 파쥬의 '형제'와 '자매'들을 만났다. 대화 장소는 주로 나
지막한 담장 위로, 앞으로 펼쳐질 이야기에서 중요한 역할을
담당하는 곳이었다. 그들은 담장 위에 촘촘히 앉아 서로의 체
온을 나누며, 종종 나의 얇은 옷차림을 두고 농담을 했다. 만
날 때마다 추위에 몸이 얼어 파랗게 떠는 나를 걱정해서였다.

비가 내리던 어느 저녁 텀플 거리에서, 결국 나는 추위를
이기지 못하고 걀락의 침낭을 나눠 덮었다. 걀락은 덩치가 큰
흰색 개였다. 침낭을 뒤집어쓰자 입고 있던 외출복이 시야에
서 사라졌다. 얼굴도 반쯤 가려졌다. 순간, 많은 것이 변했다.
이전의 내가 사라지고 나는 다른 사람이 되었다. 나를 쳐다보
는 행인들의 시선은 종전과 달랐다. 노숙인을 바라보듯 싸늘
했다.

나는 아직도 행인들의 은밀하고 낯선 눈빛을 기억한다. 눈
에 띄지는 않았지만 그들의 시선은 분명 나를 향했고, 그 시
선 속에서 나는 묘한 기분이 들었다.

그날 이후로 나는 옷을 단단히 껴입고 대화 장소로 향했다.
그런데도 일몰 무렵에는 어김없이 추위가 옷깃을 파고들었

다. 크리스티앙은 늘 헤어지기 직전에 내게 종이 뭉치를 건넸다. 어젯밤 혹은 엊그제 밤에 쓴 글이었다. 이따금 빈손인 날도 있었다. 이유는 간단했다. 글을 쓴 종이를 잃어버렸거나, 마음에 안 들어 찢어버렸거나, 아무것도 쓰지 못해서였다. 이런 날은 대부분 그가 글을 쓰기까지 상당한 용기가 필요한 날이었다.

하지만 글이 잘 써진 다음 날이면, 그는 나에게 종이 뭉치를 건네며 이렇게 말했다.

"어떤지 봐줘."

그러면 나는 호주머니 안에 그의 인생을 집어넣고, 서둘러 집으로 돌아와 밤새 글을 읽고, 교정을 보고, 깨끗한 종이에 옮겨 적었다. 수정된 원고를 다음 날 그에게 가져다주기 위해서였다. 비록 상상 속에서 벌어진 일이기는 했지만, 작업을 해나가면서 양피지° 문헌을 필사하는 어린 수도사가 된 것 같은 느낌이 들었다. 그런 날이면 펜을 쥔 내 손과 촛불 아래서 움직이는 상상 속 수도사의 손이 하나로 겹쳤다.

° 양의 생가죽을 얇게 펴서 약품 처리를 한 후에 표백하여 말린, 글을 쓰는 데 사용하는 재료.

이 글을 끝으로 당신은 이제 크리스티앙 파쥬 곁으로 가게 될 것이다. 그의 안내를 받으며 파리의 거리를 탐험할 것이다. 결국 내가 그랬듯, 그와 헤어지는 시간이 못내 아쉬울 것이다.

거리에서 글쓰기를 도운
엘루와 오두앙루조

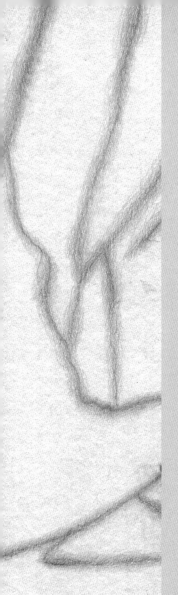

차례

서문 • 5

일러두기

° 이 책의 원제는 《마음속의 벨빌Belleville au cœur》이다.

° 외국 인명·작품명은 국립국어원 외래어표기법을 따르되, 몇몇 경우는 관용적 표기를 따랐다.

° 원서에 있는 SDF(Sans Domicile Fixe)는 주거부정자, 주거불명자 등의 뜻을 가지고 있다.
  한국어판에서는 노숙인으로 번역했다.

° 각주는 모두 옮긴이 주다.

나를 맞이한 곳은   1
지옥이었다

∞

거리에서 가장 큰 위험은
추위도, 배고픔도, 알코올도 아니다.
바로 사람이다.
그래서 사람을 알아보는 훈련이 필요하다.

어느 날 갑자기 일어난 일

모든 일은 이렇게 시작되었다. 새벽 여섯 시였고, 겨울이었다. 나는 출근을 하려던 참이었다. 4년 전이지만 아직도 어제 일처럼 눈에 선하다. 그 당시 나는 마들렌느의 한 고급 레스토랑에서 근무했다. 레스토랑은 샤넬 본사 맞은편의 엘리제 궁전과 샹그릴라 호텔 사이에 있었다. 노숙인들이 저녁 식사를 하러 즐겨 찾기에는 상당한 거리감이 느껴지는 꽤나 호화로운 곳이었다. 나는 그곳에서 소믈리에로 일하며, 배우, 축구 선수, 은행가들의 식사를 도왔고, 상당한 액수의 팁을 받았다. 결혼을 했고, 아내와 아들이 있었으며, 가족과 일 그리고 내 인생을 사랑했다. 지하에 와인 저장고가 딸린 88제곱미터 넓이의 깨끗한 아파트도 있었고, 내가 최고라고 생각했다.

현관문을 열고 나가려던 찰나였다.

"크리스티앙, 우린 오늘 떠날 거야."

아내가 '빵 사오는 걸 잊지 마!'라고 말하듯 담담한 어투로 말했다. 나는 그녀의 말이 이해되지 않았다.

"바네사, 그게 무슨 소리야?"

"오늘 밤 우리가 더는 여기에 없을 거란 말이야. 내가 당신을 떠난다고. 아이는 내가 데려갈게."

이 말을 하기까지 아내는 하루 종일 망설였을 것이다. 그런데 하필이면 내가 제일 바쁜 시간을 골라 입을 열었다. 나는 아내에게 퇴근 후 차분하게 대화를 나눠보자고 말했다. 그리고 일터로 향했다. 걱정은 되었지만 지각할 수는 없었다. 어쩌면 그날 나는 레스토랑 대표에게 전화를 걸어서 양해를 구하고 결근을 했어야 하는지도 모른다. 그런데 나는 그럴 생각조차 못했다.

레스토랑에서는 최악의 서비스가 이어졌다. 매 주문마다 실수를 연발했고, 유리잔이 든 쟁반을 떨어뜨렸으며 산만했다. 온종일 아내의 말이 머릿속에서 맴돌아 마음이 조급했지만, 시간은 여느 때보다 더디게 흘러갔다. 새벽 두 시, 일이 끝나자마자 나는 첫 심야 버스에 뛰어올랐다. 버스에는 나 말고 다른 승객은 없었다. 매우 느리게 가는 버스를 원망하며 나는 불안하게 손톱을 물어뜯었다. 크리메 거리에서 하차한 다음에는 집까지 걸어갔다. 아니, 뛰었던 것 같다. 그리고 아파트 현관 앞에 도착해서 집으로 올라가기 전에 담배를 피웠다. 일생일대의 대화를 나눌 마음의 준비를 하기 위해서였다.

문을 열고 어둠 속으로 들어서며 나는 직관적으로 알았다. 침실은 텅 비어 있었고, 아들 방에는 흐트러진 침구와 바닥을 굴러다니는 장난감뿐. 차가운 침묵이 감돌았다. 현관 입구의 탁자 위에는 짧은 메모가 남겨져 있었다. 10년이라는 세월이 단 세 마디 말로 압축될 수 있음을 나는 그때 알았다.

이후의 일은 블랙홀에 빠진 것처럼 아무것도 기억나지 않는다. 열린 드레스 룸, 아내가 나와 함께 버리고 간 청바지, 흩어진 스웨터처럼 몇몇 희미한 이미지만 남아 있을 뿐이다.

나는 쓰러져서 오래도록 잠을 잤다. 내가 정신을 차린 것은 1년 뒤, 압류장을 들고 온 집행관들의 벨 소리를 듣고 난 다음이었다. 2015년 4월 17일의 일이었다.

다른 세상에 산다는 것

아내가 떠나고 정확히 1년 뒤, 겨울이 다시 찾아왔을 때에야
나는 내게 닥친 상황을 알아차렸다. 그리고 무방비 상태에서
초보자들이나 저지른다는 멍청한 실수를 했다. 115°에 전화
를 건 것이다.

　하루아침에 전부를 잃은 사람들처럼, 나는 자그마한 도움
과 위로를 상상했다. 인간의 존엄성이 최소한만이라도 지켜
질 수 있기를 바랐다. 그러나 나를 맞이한 곳은 지옥이었다.
집행관이 허락한 소지품 몇 개를 들고 안으로 들어서자, 같은

○　　프랑스 노숙인 도움 요청 번호. 숙박 시설의 유실, 퇴거와 같은 사회적 어려움이 닥
　　　쳤을 때 전화를 걸어서 지원을 요청할 수 있다.

20

방을 쓰게 된 사람이 곧바로 나를 지옥으로 끌어당겼다. 그는 내가 자신의 성냥갑과 밧줄을 빼앗으러 왔다고 오해를 했다. 나는 그가 그 밧줄로 차라리 목을 매기를 바랐다.

거리에는 연대감이란 없다. 오히려 그 반대다. 열악한 환경 일수록 상황은 더 심각해진다. 인간을 지옥처럼 여기기 때문이다.

115는 거해지옥°과 같다. 빈곤과 폭력의 진원지이자 가죽이 벗겨지고 굶주린 사백 마리의 개들이 사육되는 사육장이다. 이곳에서 살아남은 사람들은 115를 관타나모Guantanamo°°라고 부른다.

무질서, 좀도둑, 이불에 붙은 빈대, 욕실 안의 대변 등이 뒤섞인 그곳에서는 상상도 못할 일들이 벌어진다. 이 비좁고 비위생적인 곳에서 나는 옴이 옮아 한동안 고생을 했다. 나는 치료를 위해 생루이 병원을 찾아갔다. 그러나 치료를 거부당했다. 의료보험증을 잃어버린 탓이었지만, 나에게는 의료보험 수혜자임을 증빙할 또 다른 서류가 있었다. 매달 지불한

° 산 채로 몸이 잘리는 고통을 겪는 지옥.
°° 관타나모 수용소를 지칭한다. 쿠바 남동쪽 관타나모만에 위치한 미 해군기지 내 수용소로, 수감자들에 대한 고문과 인권 침해로 악명이 높다.

건강보험료 영수증이 바로 그것이었다. 화가 난 나는 의료진들에게 고함을 치며 치료받을 권리를 주장했다. 그러나 내 말에 귀를 기울이는 사람은 아무도 없었다. 나는 화난 얼굴로 병원을 나섰다. 그리고 전염병 환자로서 자가 격리를 결심하고, 사람들과의 접촉을 피했다. 그로부터 보름 뒤, 후미진 동네에서 한 의사를 찾았다. 불법 체류자들은 모두 그를 찾아갔다. 그는 나에게 살갗을 물어뜯고 아랫도리를 돌아다니는 벌레의 퇴치제를 처방해주었다. 이후 이틀간 가려움에 시달리며 옷을 갈아입지도 않고 씻지도 않은 결과, 끔찍한 빈대가 사라졌다. 하지만 치료 도중 씻을 수가 없어서 굉장히 힘들었다.

거리에서는 매일 몸을 씻고 옷을 갈아입어야 한다. 생존이 달린 문제이기 때문이다. 옛날 흑백 영화에서 바지에 정어리 통조림을 쏟고 당황하던 남자처럼, 옷에 얼룩이 묻으면 처음에는 모두가 동요한다. 하지만 시간이 지나면서 차츰 얼룩에 무감각해지고, 한번 더러워지기 시작하면 그것으로 끝이다. 영화 제목은 〈사자자리Le Signe du lion〉였다. 아니, 어쩌면 다른 텔레비전 프로그램이었을 수도 있다. 어찌되었든, 늘 그런 것은 아니지만, 나는 가능한 한 깨끗한 내의를 배낭에 넣고 다닌다. 검정색 옷을 즐겨 입는 것도 오염된 표시가 잘 나지 않아서다.

길바닥에 앉고 아무 데서나 잠을 자는 노숙인은 의복의 오염을 피할 수 없다. 이런 이유로 나는 흰색 바지를 멀리하지만, 가능한 한 청결을 유지하려고 노력한다. 세상과의 단절을 피하고 무시당하지 않기 위해서다. 물론 자존심을 지키고 싶은 마음도 있다.

∽

115에서 뜨거운 맛을 본 후, 나는 관타나모 생활을 청산하고 임시방편으로 지하철에서 잠을 자며 모로의 공중목욕탕에서 몸을 씻었다. 물기를 제대로 말릴 수 없어서 밖으로 나오면 추위가 관자놀이를 파고들던 시절이었다.

문은 모두 닫혀 있고, 허공 속으로 전화벨 소리가 울렸다. 그날 나는 아들의 가장 친한 친구인 모모의 아버지와 마주쳤다. 그가 운영하는 제과점 앞이었다. 그는 내 이웃이었고, 나는 그를 친구처럼 대했다. 그런 그가 나를 모른 척했다. 나는 그에게 나를 모르냐고 끈질기게 물었고, 결국 그는 나를 내쫓았다. 내가 직장에 다니며 잘 살고 있을 때에는 "크리스티앙, 뭐든 필요한 게 있으면 내가 있다는 걸 잊지 마"라고 말하던 그가 나에게 화를 내기까지 했다. 나는 속으로 말했다.

'안녕, 이름만 친구였던 친구. 이제 나는 자네를 잊었어. 목록에서 지웠거든. 다음에 다시 만나게 되면 그땐 내가 모른 척해줄게. 정말이야. 자네와 난 멀어졌어. 아주 멀리 있지. 이제 우리는 전혀 다른 삶을 사니까.'

선교회와 트위터와 토끼뜀

생트마르트 광장은 텅 비어 있었고, 평소보다 고요했다. 하늘에서는 함박눈이 쏟아지고 있었다. 밤새 한파가 닥친다는 예보가 있었지만, 나는 걱정을 옆으로 밀어두고 잠시 눈 오는 풍경을 감상하기로 했다. 하루가 시작되고 있었다.

　잠든 세상을 배경으로 레스토랑 두 곳과 고급 가구상, 음반 상점의 굳게 닫힌 철문이 시야에 들어왔다. 벌써 두 시간 전에 침낭을 말아서 배낭에 넣고, 보온을 위해 옷을 여섯 겹이나 껴입은 내게는 꿈 같은 소리지만, 침대에서 이불을 뒤집어쓰고 뒹굴기 딱 좋은 날씨였다.

　나는 사막 같은 광장을 지나 선교회로 향했다. 선교회는 내게 항구 같은 곳이다. 매일 아침 자원봉사자들은 이곳에서

60인분의 식사를 나눠준다. 저녁에는 100인분의 식사가 준비되어 있다. 신이 정말로 존재하는지는 모르지만, 다행히도 그는 선교회를 발명해냈다. 덕분에 노숙인들이 끼니를 굶지 않고, 목욕과 세탁을 해결할 수 있게 되었다. 이외에도 선교회에서는 내과 의사와 정신과 의사의 진료를 받을 수 있고, 이발도 할 수 있다. 한마디로 말하자면, 선교회는 노숙인들의 베이스캠프인 셈이다. 그래서 매번 불평을 하면서도 다시 찾게 된다.

주소지를 선교회로 둔 노숙인도 500명이 넘는다. 이곳으로 장기 비소득자를 위한 정부 보조금이 전달되고, 구직 센터에서 발송한 편지와 개인 우편물이 배달된다. 선교회는 우리에게 남은 마지막 사서함이다. 일정한 거주지가 없어도 생존은 가능하다. 하지만 우편함 없이는 아무것도 할 수 없다. 사회의 연결망 밖으로 밀려나기 때문이다. 이 밖에도 우편함은 전화기가 없는 노숙인을 가족과 연결해주는 유일한 고리가 된다. 구걸에 필요한 것은 1유로°만이 아니다.

° 　1유로는 한화로 약 1,300원이다.

ꝏ

나의 우편함은 선교회가 아닌 휴대폰이다. 휴대폰은 내게
사회화의 종합 선물 세트다. 나는 휴대폰을 이용해 정보를 얻
고, 사람들과 소통하고, 도움을 받는다. 나를 돕는 사람들은
무척 다양하다. 남녀 구분이 없고, 익명인 경우가 많다. 한 달
에 2유로라는 적은 비용을 지불하고 손바닥만 한 화면으로
얼마나 많은 일을 처리할 수 있는지 생각해보면, 왜 내가 휴
대폰을 빨리 사용할 생각을 못했는지 어리석게 느껴진다. 예
를 들어 트위터는 미국 대통령 선출에 큰 몫을 해냈다. 2년
전 내가 거리로 내몰린 때에도 트위터는 존재했지만, 나는 사
용할 생각을 하지 않았다. 정확히 말하면 트윗할 주제를 고심
하느라 시간을 허비했다. 벨빌Belleville °의 공식 노숙인으로 임
명된 지금은 그런 고민을 할 필요가 없다.

내가 핸드폰의 유용함을 깨달은 때는 파리 시청 직원이 물
뿌리개 호스로 나를 흠뻑 적신 날이었다. 고의였고, 한겨울이
었다. 트위터에 계정을 갓 만든 시기이기도 했다. 메모지가

°   파리 20구에 위치한 지역으로, '아름다운 마을'이라는 뜻을 가지고 있다. 다양한 국
     적의 노동자들이 몰려들면서 다채로운 문화가 공존하게 되었다. 로맹 가리의 소설
     《자기 앞의 생La vie devant soi》의 배경으로 유명하다.

든 병을 바다에 던지는 심정으로 나는 이 일화를 트위터에 올렸다. 놀라운 일은 그때 일어났다. 내 글을 본 파리 시장이 트윗 당일 찾아와서 개인 연락처를 건네며 사과한 것이다. 이후 우리는 친구가 되었고, 많은 대화를 나누었다. 물론 좋은 일만 있지는 않았다. '바보 같고도 친절한 시장'이라는 표현에 토라졌는지, 그녀는 석 달 전부터 연락을 끊었다. 내가 '똑똑하지만 불친절한 시장'이라고 썼다면 좋아했을까? 잘 모르겠다.

출간을 목적으로 글을 쓰기 시작한 초기에는 스마트폰을 사용했다. 종이는 물에 젖고 잘 찢어져서 거리에서는 보관하기가 어렵다. 요즘에는 방수가 어느 정도 되는 스마트폰을 사용하고 있다. 이 조그만 물건이 있는 한 나는 혼자가 아니다. 다양한 국적의 트위터 친구들 덕분이다. 이 밖에도 스마트폰은 여러 다른 기능을 갖고 있다. 한번은 내 발에 꼭 맞는 새 신발을 택배로 받았다. 소포는 어느 대학생이 보낸 것으로, 그는 종종 익명으로 생트마르트 광장을 온통 행복으로 물들일 초콜릿을 보내온다.

∞

잠에서 깨어나면 나는 토끼뜀을 뛴다. 발가락 끝까지 따뜻한 피를 내려보내기 위해서다. 바보처럼 보이지만 추우니까 어쩔 수 없다. 오늘은 선교회의 나지막한 담장도 꽁꽁 얼어 있다. 그러나 최악의 상황은 아직 오지 않았다.

커피 한잔이나 손을 덥힐 최소한의 온기, 격려를 바라지는 않겠다. 월요일인 오늘은 여느 때와 상황이 다르다. 선교회가 문을 닫는 날이기 때문이다. 이 말은 샤워를 할 수 없음을 의미한다. 그래도 포기는 이르다. 조금만 기다리면 방도를 찾을 수 있을 테니까. 나는 선교회에서 일하는 알도가 밖으로 나오는 대로 문을 열어달라고 부탁할 생각이다. 그러면 거절하지 않을 것이다.

커피를 마시거나 화장실에 가는 것처럼 평범한 일도 거리에서는 반나절이 걸릴 때가 많다. 샤워를 하기 위해 오전 시간을 몽땅 기다리며 보낸 오늘처럼 말이다.

선교회는 늘 인파로 북적인다. 언제나 예상은 하지만, 막상 닥치면 매번 놀라게 된다. 줄지어 늘어선 행렬 속에서 노숙인들은 문을 늦게 열어 사과하는 문지기를 눈감아주는 척, 음식을 두 배로 달라고 떼를 쓴다. 고함을 치기도 하고, 서로 밀치기도 한다. 피곤한 이 일상의 반복은 잠을 설친 다음 날 아침이면 신경을 몇 배로 날카롭게 만든다. 이해하고 싶지는 않지만, 이 기다림의 전쟁터에서 벗어나 있을 때면 시간은 어느덧

정오에 가까워진다. 순식간에 반나절이 지나가버린 것이다.

　나는 새벽 다섯 시에 일어난다.

　아침형 인간은 아니지만, 거리에서 생활한 뒤로 새벽에 일어나는 버릇이 생겼다. 등교하는 학생들과 마주치지 않기 위해서다. 아이들은 우리의 미래다. 나는 그들에게 실패한 내 인생을 보이고 싶지 않다. 희망이 되지 못한 나 자신을 확인하고 싶지도 않다.

비둘기와 쥐와 기욤

비둘기 한 마리가 구구거리며 발치를 맴돈다. 녀석들에게 나는 악감정이 없다. 하지만 모두가 그런 것은 아니다. 시청이 비둘기를 날아다니는 유해 동물로 지정하고 전쟁을 선포했기 때문이다. 이것으로 비둘기들은 노숙인과 마찬가지로 파리 시청의 표적이 되었다. 시청은 노숙인을 시야에서 없애기 위해, 매일 창살을 설치하고 건물 입구를 봉쇄한다. 비둘기 퇴치에도 뾰족한 창살이 사용된다. 살균 작업도 병행된다. 시청이 비둘기와 접전을 벌이는 동안 노숙인들에게는 얼마간의 여유가 생겼고, 나는 이 불온한 비둘기 형제들과 친구가 되었다. 빵 부스러기밖에 줄 것 없는 삶이지만, 우정을 나누는 데 큰돈이 필요하지는 않다.

결과적으로 파리의 거리를 마음껏 활보하는 최후의 노숙자는 쥐가 되었다. 녀석들은 센강의 하수구를 보란 듯이 기어올라 파리를 장악한다. 시청에서 레퓌블리크 광장을 정비한 뒤에는 온 동네로 이민을 떠나 밤마다 쓰레기통을 차지한다. 까마귀들은 라 퐁텐°의 우화 〈까마귀와 쥐La Corneille et le Rat〉에서처럼 날아다니며 쥐의 뒤통수를 노린다.

밤이 되면 쥐들의 세상이 펼쳐진다. 쥐는 어떤 환경에도 적응하는 영리한 생명체다. 녀석들에게 유일한 문제가 있다면 그것은 지나친 예민함이다. 덫을 놓아 잡는 방식이 통하지 않는 것도, 비열한 행위를 일삼는 인간의 만행을 녀석들이 똑똑히 기억하기 때문이다.

크리메 거리에서 아내와 함께 살던 시절, 한때 애완용 쥐를 기른 적이 있다. 어느 날인가 녀석이 사방에다가 똥을 눠서 저녁밥을 굶겼더니, 밤새 내가 소장하고 있던 레코드판을 모조리 갉아먹었다. 그중에서도 녀석이 가장 좋아한 것은 내가 가장 아끼는 파스칼 오베르송의 레코드판이었다.

°   Jean de la Fontaine(1621~1695), 17세기 프랑스의 시인이자 우화 작가.

∽

비둘기가 날아가고, 나는 다시 혼자가 되었다. 휴대폰에서 흘러나오는 라디오 소리 외에는 곁에 아무도 없다. 대다수의 프랑스 사람처럼, 나는 매일 아침 라디오를 듣는다. 오늘은 일기예보와 교통 방송으로 시작한다. 프랑스 앵테르 채널에 이르자 기욤 모리스의 음성이 들렸다. '이 시간에 저기서 뭐 하는 거지? 지금은 앤틸리스 제도에 있을 텐데? 재방송인가? 방송 시간이 재편성되었나?'

어떻게 된 영문인지는 모르겠지만, 나는 그가 정말로 돌아왔기를 바란다. 기욤이 돌아오면 선물할 생각으로 리몬첼로°를 들고 다닌 지도 벌써 몇 주가 지났다. 리몬첼로는 트위터 친구가 선교회로 보내준 것이다. 기욤은 이 동네에 산다. 지난해 여름, 그가 내게 집 열쇠를 보름간 맡긴 적이 있다. 덕분에 나는 그의 집 발코니에서 노인처럼 일광욕을 즐기며, 롤링 스톤스, 재니스 조플린, 에어로스미스의 노래를 들으며 뜻밖의 호사를 누렸다. 언제나 느끼는 거지만, 좋은 음악은 마음을 어루만진다.

°   그라파Grappa나 보드카에 레몬 껍질을 넣어 숙성한 뒤 여과해서 설탕 시럽과 섞은 술로, 주로 이탈리아 남부에서 만들어 마신다.

앤틸리스 제도는 멀리 있다. 나는 따뜻한 입김으로 손을 덥히고, 그 손으로 무릎을 비볐다. 케이크도 양초도 없이, 거리에서 보내는 세 번째 겨울이다.

고백

이쯤에서 나는 비밀을 말하려 한다. 사실 나는 스위스인이다. 베르사유_{Versailles}°에서 태어났고, 사부아_{Savoie}°°에서 성장했지만, 어머니가 스위스인인 관계로 국적은 헬베티아_{Helve-tia}°°°다.

스무 살이 되던 해, 나는 모국의 부름으로 군대에 입대했다. 스위스식으로 일명 신병 학교에 입학한 것이다. 그곳에서 나는 소총수였다.

° 프랑스 중북부 이블린주의 중심 도시.
°° 프랑스 남동부의 지명.
°°° 스위스의 라틴어 이름.

내게는 훌륭한 군인이 될 소질이 없었다. '좌향좌'의 명령에 오른쪽으로 몸을 돌리는 사람이 바로 나였으니까. 반항심이나 다른 저의가 있어서는 아니었다. 다만 나는 하사관들을 보면 강박증이 나타나는 부류의 병사였다.

첫날부터 나는 바움가르트너 대위의 눈 밖에 났다. 그는 독일계 스위스인이고, 나는 프랑스계 스위스인으로 시작부터가 좋지 않았다. 어느 저녁, 휴가 중이던 나는 벽을 잡고서야 간신히 설 정도로 취해 부대로 돌아갔다. 아무도 모르리라 여겼지만, 아침에 눈을 뜨자 병영이 온통 나 때문에 시끄러웠다. 바움가르트너가 새벽 여섯 시에 나를 침대 밖으로 끌어냈을 때에도 나는 아직 술에 취해 있었다.

"파쥬! 6일!"

사람들은 나를 의무실로 끌고 가 침대 위에 내던지고 감금했다. 밤은 조용히 지나갔다. 잠에서 깨어나자 실내가 덥게 느껴졌다. 나는 주머니칼을 사용해 창문을 전부 분해했다. 신선한 공기가 필요해서였다.

이 일은 바움가르트너의 화를 더욱 북돋았고, 그는 나를 일주일이나 더 가둬두려 했다. 그러나 준위나 하사, 간호사 모두 창문을 재조립하지 못했기에, 나는 수리를 해주겠다는 조건을 걸고 형량을 6일에서 5일로 줄였다.

얼마 후 나는 제대를 했다. 군대에 남을 수도 있었지만, 떠나는 쪽을 택했다. 아버지가 이 사실을 알고 어떤 반응을 보일지는 생각하고 싶지도 않았다. 아버지는 디엔비엔푸 전투°에서 공을 세워 훈장을 받았다. 아버지의 누이, 그러니까 나의 고모는 10여 명의 유대인을 구해, 야드 바솀Yad Vashem°°에 자기 나무를 갖고 있다. 나는 내 혈관에도 레지스탕스의 애국자적 피가 흐른다고 생각한다. 그래서 제대를 선택했다고 믿는다.

한편 어머니는 나의 제대 소식에 조금도 놀라지 않으셨다. 물론 비난도 하지 않으셨다. 어머니는 나를 잘 키우셨다. 덕분에 나는 에델바이스°°°가 어디에 있는지 잘 안다. 다양한 기능을 가진 스위스 칼처럼 조직적이고 실용주의적인 산사람이 되었다.

스위스의 부베레, 생트로페 뒤 발레에서 나는 행복한 유년

°　베트남 북부의 디엔비엔푸에서 프랑스군과 베트민군이 벌인 전쟁. 베트민군은 1941년 호찌민이 결성한 베트남독립연맹으로 1945년 공화국 정부 수립을 선언하고 자국 내 주둔한 외국군 철수를 요구했다.

°°　나치의 유대인 학살 시 희생당한 유대인을 추모하기 위해 설립된 이스라엘의 공식 추모 기념관으로, 홀로코스트 역사박물관과 홀로코스트 기간 동안 유대인을 구해준 '열방의 의인'을 기리기 위한 정원이 있다.

°°°　국화과의 여러해살이풀. 유럽에서 '알프스의 별'이라 불리며 등산가들에게 동경의 대상이다. 에델은 고귀한, 바이스는 흰색을 뜻한다.

기를 보냈다. 모든 면에서 부족함이 없는 나날이었다. 그러나 나는 늘 떠나고 싶었다. 세상을 둘러보며 많은 사람들과 교류하고 싶었다.

제대 후, 스무 살이 되자, 나는 고향을 떠나 파리로 갈 결심을 했다. 청춘이 그렇듯, 당시 나는 산을 정복한 것처럼 파리도 정복할 수 있다고 믿었다.

이제야 생각해보면, 나는 산에 살 운명이었던 것 같다. 지금도 파리에서 가장 높은 언덕에 올라 추위에 떨며 잠을 청하는 걸 보면 말이다. 그것도 인생을 송두리째 등에 지고서 하루도 빠짐없이 언덕을 오른다. 이야말로 진정한 산사람의 모습이 아닌가!

프랑수아와 정원사와 위대한 질

뷔트쇼몽 근방에는 파리에서 가장 높은 언덕이 있다. 몇 달 전부터 나는 이곳에서 숙박을 해결하고 있다. 사실 노숙인들은 자신의 은신처를 누구에게도 발설하지 않는다. 빼앗기지 않기 위해 비밀을 유지하는 것이다. 나는 이따금 산책을 즐길 수 있는 이 은신처가 좋다. 오늘은 날씨가 따뜻하다. 그래서 내가 예전에 '나의 정원'이라고 부른 곳까지 산책을 하기로 했다.

뷔트쇼몽 전망대에 이르자 동쪽 하늘에 낀 먹구름이 라 빌레트를 향해 이동하는 것이 보였다. 일기예보대로 폭풍우가 몰아칠 징조였다. 언제나 그렇듯 비는 성가신 일을 몰고 온다. 담배를 다 피운 다음, 나는 배낭을 덤불 밑 길쭉한 바위

위에 올려놓았다. 어떤 상황에서도 제일 먼저 사수해야 할 것이 바로 이 배낭이다. 내 몸은 두터운 방수 코트가 있어서 걱정할 필요가 없다. 그러나 배낭은 방수가 되지 않고, 안에는 옷가지와 침낭이 들어 있다. 침실은 물론 드레스 룸이 딸린 나의 이 집에 비가 새는 날이면, 밤은 물론 다음 날 하루가 엉망이 된다. 젖은 옷가지를 아무 데나 널 수가 없어서다.

일기예보가 빗나간 것일까? 폭풍우가 아직 오지 않았다. 덕분에 공원을 빠져나갈 시간적 여유가 생겼다. 호숫가를 따라 걸어 내려오며 나는 프랑수아와 마주쳤다. 그는 내가 제일 좋아하는 정원사로, 건장한 체격과는 반대로 언제나 열심히 일하지 않을 준비가 되어 있는 사람이다. 그와 나는 노숙인들이 주말 내내 모자가 으스러질 때까지 잠을 자는 벤치를 전부 알고 있다. 모두 짧은 산책을 마치고 책을 읽거나 적당히 빈둥거리기에 좋은 장소들이다.

월요일인만큼 주중 그에게 일어난 일을 이야기해보겠다. 프랑수아는 잃어버린 고양이를 찾았다. 커다란 버드나무가 벌목되지 않도록 투쟁했고, 늙은 노숙인과 마주쳤다. 우리는 그를 이름 대신 '노숙자'라고 불렀다. 그가 뷔트쇼몽의 기뇰 극장 뒤에 숨어 사는 유일한 노숙인이기 때문이었다. 그는 프랑수아에게 경찰들이 한밤중에 자기를 쫓아내고, 텐트를 망가트렸다고 말했다. 보통은 모두 다 그와 평화롭게 지낸다. 경비원들도 마찬가지다. 그런 그의 텐트를 훼손하고 쫓아낸 것은 실수일 수도 있지만, 그럴 가능성은 적다. 그날 밤 나는 경찰들이 심심했을 거라고 생각한다.

보보족Bobos°이 로사 보뇌르°°를 떠나는 밤이면, 카우보이들은 자기들이 제일 좋아하는 놀이를 준비한다. 옷을 갈아입고, 최루탄과 곤봉, 플래시로 무장한다. 사냥을 하러 나갈 시간인 것이다.

한번은 그들이 여우를 잡듯 나를 쫓아다닌 적이 있다. 물론 나는 잡히지 않았다. 내가 어디 그렇게 순순히 잡혀줄 위인인가! 카우보이들이 나를 찾아서 이리 뛰고 저리 뛰는 동안, 나는 조로Zorro°°°처럼 검은색 옷을 입고, 덤불 속 그늘에 누워 털끝 하나도 움직이지 않았다. 나는 눈에 띄지 않았고, 결국 그 자리를 임시 야영지로 삼았다. 그리고 사냥꾼들이 지칠 때까지 밤새 제자리걸음을 하는 사이, 새로운 은신처에서 편안

° 경제적으로 풍요롭고 자신의 개성과 취향을 중시하는 고소득·고학력의 이삼십 대 전문가 계층을 이르는 말.
°° 뷔트쇼몽 근처의 별장식 바.
°°° 미국 작가 존스턴 매컬리가 창작한 영웅 캐릭터로 검은색 망토에 가면을 쓰고 있다.

하게 코를 골았다.

　나는 경비원을 좋아하지 않고, 정원사들도 경비원을 좋아하지 않는다. 그래서 나는 정원사들이 좋다. 같은 편이 되려면 공통의 적을 가져야 한다.

　정원사들은 몽상가다. 그들은 인간의 언어를 사용해 나무와 대화를 나누지는 않지만, 떡갈나무, 동쪽 숲의 물푸레나무, 나즈막한 언덕 위에 선 랑드 지방의 소나무 등 나무들과 개인적인 친분을 맺고 있다. 정원사들과 교류할 무렵, 나는 가끔 숲 근처에서 묘한 느낌의 남자들과 마주쳤다. 그중에서도 나이 지긋한 한 남자는 나를 알고 있다는 듯, 집요하게 나를 쳐다보았다. 나는 몇 년에 걸쳐 그 눈빛이 무엇을 의미하는지 자문했다. 그러나 끝내 답을 찾지 못해 답답하던 찰나에 정원사들이 수수께끼를 풀 열쇠를 쥐어주었다. 그제야 나는 남자들이 만남을 위해 숲에 오고, 수풀 속에서 마술을 부린다는 사실을 알았다. 요즘은 그런 남자들이 드물다. 만남의 효력이 꽤 오랫동안 지속되는 모양이다.

∽

　정원사가 눈을 끔쩍이며 나를 팔꿈치로 툭툭 쳤다. 직접 재

42

배한 담배를 피우러 오라는 신호였다. 우리는 나란히 앉아 폭풍우가 멈추기를 기다렸다. 그런데 어디선가 검정 개 한 마리가 나타나 내 위로 뛰어들었다. 제법 덩치가 큰 개였다. 개는 내 목덜미를 한바탕 핥더니 정원사의 품으로 가서 배를 보이고 누웠다.

"아는 개야?"

"아니, 처음 보는 개야."

"그렇게 안 보여."

개는 비에 젖은 털 냄새만 잔뜩 묻히고 사라졌다. 그러나 개의 뜻밖의 방문은 우리에게 큰 기쁨이 되었고, 이것은 얼굴에 고스란히 드러났다. 정원사와 나에게는 공통분모가 있다. 동물에 대한 유대감이 그것이다.

유기된 토끼를 발견하고 구조하는 사람은 우리 둘뿐이다. 쓰레기통 뒤를 소박한 성소로 삼아 토끼를 놓아주는 것도 같다. 인생을 살다 보면 두 번째 기회가 오기 마련이다. 그러나 불행히도 버려진 대부분의 토끼는 겨울을 나지 못한다.

어느 날, 그와 나의 구조 활동은 사람들을 겁에 질리게 했다. 경비원이 거대한 비단뱀을 발견하고 신고한 날이었다. 그 즉시 공원의 출입은 통제되었고, 추격이 시작되었다. 프랑수아는 뱀을 포획할 생각에 한껏 들떠 있었다. 나는 그런 그의 보좌관으로 공원에 남을 자격을 얻었다. 추격전은 한 시간 만에 끝났다. 우리가 돌보는 토끼들과 멀지 않은 장소에서 프랑수아가 뱀을 발견한 것이다. 승리의 기쁨을 최대한 누리기 위해, 그는 나뭇가지로 뱀을 들어 스카프처럼 어깨에 두르고 최대한 천천히 걸으며 보안 요원들 앞을 지나갔다. 그날 활짝 웃던 프랑수아는 정말로 근사했다.

∞

마지막으로 유기 동물을 발견한 곳은 생트마르트 거리였다. 중국 게 한 마리가 벨빌 시장에서 오는 길에 바구니에서 탈주한 사건이었다. 가까이 다가서자 게는 거품을 뿜으며 작은 눈으로 나를 올려다보았다. 휴대폰으로 검색한 결과, 문제의 게는 강에서 서식하는 종으로 일반적인 게들과는 달리 민물을 좋아했다.

조사를 마친 나는 시장으로 달려가 플라스틱 그릇을 하나 샀다. 그런 다음 근처 레스토랑에서 물을 받아다가 뷔트쇼몽으로 이동해 게를 저수지에 놓아주었다. 저수지에는 거북이와 중국에서 건너온 금붕어들이 살고 있었다. 나는 게가 동료를 만나 사이좋게 살기를 바랐다.

하지만 게는 방사 첫날 늙은 왜가리에게 잡아 먹혔을지도 모른다. 폭포 아래서 홀로 20년 째 살고 있는 이 왜가리를 나는 가족과 함께 물가로 피크닉을 나오던 날 처음 만났다.

나는 왜가리에게 '위대한 질'이라는 이름을 붙여주었다. 위대한 질은 나에게는 친할아버지와 같은 사람의 이름으로, 나는 그를 처음 파리에 도착해 집 없는 이들을 위해 투쟁하던 시절에 만났다. 당시 스무 살이었던 나는 노숙인들 편에 서 있었다. 젠장할 패러독스다.

위대한 질은 환갑을 넘긴 모든 노숙인처럼 현자였다. 그가 말을 하면 사람들은 입을 다물었다. 나도 그의 노숙 인생 이야기에 고개를 끄덕였다. 훗날 그의 가르침은 내게 큰 도움이 되었다. 위대한 질 덕분에 나는 음식을 얻는 법과 스스로를 보호하는 법을 배웠고, 그로 인해 거리가 더는 낯설지 않았다.

위대한 질은 생제르망데프레Saint-Germain-des-Prés°에서 살았다. 그는 생제르망데프레가 너그러이 봐준 보기 드문 노숙인이었다. 이 지역이 왜 그에게 관용을 베풀었는지는 나도 모

○   파리 6구에 위치한 지역으로, 프랑스에서 가장 오래된 교회인 생제르망데프레가 있다. 골목마다 유서 깊은 상점과 레스토랑이 있으며, 제2차 세계대전 이후 지식과 문화의 중심지가 되었다.

른다. 다만 '무대 안으로 천천히 스며들라'던 그의 말처럼, 위대한 질 스스로가 노숙인이 지켜야 할 규칙을 준수했기 때문이라고 추측할 뿐이다. 확실한 것은 모두가 그를 굉장히 좋아했다는 사실이다. 그는 생제르망데프레의 저명인사로 카페 드 폴로르° 보다 유명했다. 포장용 종이 박스로 만든 작은 집에서 피케트°° 를 홀짝거리면서, 조언을 구하러 온 파리정치대학 학생들을 맞이하는 그의 모습은 디오게네스°°° 와 흡사했다.

비가 그쳤다. 프랑수아와 나는 헤어지며 작별 인사를 길게 나누었다. 날이 개서 몸과 마음이 한결 가벼웠다. 그런데 가슴 한쪽이 여전히 슬픔에 아려왔다. 나는 공원을 나섰다. 그리고 아내와 마지막으로 이곳에 온 날을 추억했다. 시원한 냇물에 로제 와인을 담근 직후였다. 나는 내가 만든 작은 도르

°　　20세기 프랑스 지성인, 예술가, 정치가들이 모여 대화를 나누던 유서 깊은 카페.

°°　　포도 찌꺼기에 물을 타서 만든 음료.

°°°　　Diogenes Laertius(B.C.412경~B.C.323경), 고대 그리스의 철학자. 행복이 자족과 무치無恥에서 비롯된다고 믿고, 노숙을 하며 반문화적이고 자유로운 생활을 실천했다. 일광욕을 하는 디오게네스에게 알렉산더 대왕이 찾아가 소원을 묻자 햇볕을 가리지 말고 비켜서달라고 한 일화가 유명하다.

래에 달린 줄로 병의 주둥이 부분을 묶었다. 그리고 낚시하는 흉내를 내며 병을 들어올렸다. 아내는 웃음을 터트렸고, 나는 그런 그녀를 따라 웃었다. 아들은 우리와 조금 떨어진 곳에서 놀고 있었다. 햇살이 뜨거웠다. 나는 아내를 껴안았다.

결혼 후 나는 가장으로서 최선을 다해 일했다. 젊은 날의 방황은 일찌감치 끝낸 뒤였다. 내 나이 서른이었다. 어쩌면 지나치게 일에만 몰두했는지도 모른다. 하지만 나는 다르게 사는 법을 배우지 못했고, 레스토랑에서 장 로슈포르°에게 와인 메뉴를 보여줄 때에는 이런 생각뿐이었다. 내일은 일하기 전에 아들과 자전거를 타러 가야지. 내년 겨울에는 녀석을 산에 데리고 가서 나만큼 스키를 잘 타는지 봐야지. 그리고 다음 여름에는 여행을 떠나야지. 난 이제 장소만 정하면 돼.

나에게는 우리 가족을 위해 세운 계획이 많았다. 파도가 조만간 부서지리라고는 생각도 못했다.

나는 공원의 철책에 이르렀다. 철책 밖으로 자동차와 트럭, 스쿠터가 보였다. 도시가 다시 활기를 되찾으며 추억이 흩어

졌다. 거리로 돌아갈 시간이었다.

　나는 마지막으로 뒤돌아섰다. 지난날의 추억과 회색 늙은 왜가리에게 작별의 인사를 하기 위해서였다.

　오늘은 그가 보이지 않는다.

매달 7일

거리에서 가장 큰 위험은 추위도, 배고픔도, 알코올도 아니다. 바로 사람이다. 그래서 사람을 알아보는 훈련이 필요하다. 3년 만에 나는 방어 체계를 갖추게 되었지만, 아직도 놀랄 때가 많다. 그리고 그때마다 나를 원망한다. 부주의함이야말로 정말 위험하다.

매달 7일은 상당한 주의를 요하는 날이다.

오늘 나는 평화롭다. 6일이고, 매월 있는 첫째 휴일이며, 전 재산을 탕진하기 좋은 날이다. 장기 비소득자를 위한 정부의 보조금이 나오는 날이기 때문이다.

노숙인이 부유해지는 이날 아침엔 불가능이란 없다. 보조 금액은 규정에 따라 소액의 차이가 있지만, 대략 440유로 정도다. 낭비벽이 있는 사람들은 이 돈으로 잔치를 벌인다. 당구장이나 영화관에 가고, 레스토랑에서 밥을 사 먹고, 새 신발을 사고, 마련 발매소에 가진 돈을 모조리 쏟아붓는다.

　매달 6일은 필요한 모든 것이 제공되는 날이다. 신발, 치약은 물론 모두가 꿈꾸던 헤드폰과 대마초, 담배 몇 갑도 제공된다. 노숙인들은 매달 10일까지 카멜과 말보로를 피운다. 15일부터는 롤링 타바코를 피우고, 20일 이후에는 필터를 주워서 뻣뻣한 종이에 말아 피운다. 월말에는 구걸이 시작된다.

　"선생님, 담배 한 개비만 주실 수는 없을까요?"

　이런 부탁에 수치심을 느끼는 사람은 없다. 모두가 그렇게 하니까. 담배는 분명 폐암을 유발하는 주범이다. 그럼에도 파리는 여전히 담배를 빌리는 사람들로 넘친다.

　매번 느끼지만 바캉스는 짧다. 정부 보조금으로 한바탕 잔치를 치르고 나면, 친구들이 어슬렁거리며 다시 나타나 내게서 담뱃잎과 담배 용지를 가져간다. 나는 군복무를 마친 스위스 남자로, 다른 노숙인과 달리 돈 관리에 철저하다. 계좌도 두 개나 있다. 하나는 서민을 위한 우체국 은행 계좌고, 다른 하나는 부유층의 전유물인 UBS 은행 계좌다. 첫 번째 계좌에는 몇 백 유로의 저축금이 들어 있고, 두 번째 계좌는 비어 있다. 영락없는 프랑스인의 모습이다. 하지만 이런 내가 조금 자랑스럽기도 하다. 나는 지갑을 엄격히 관리한다. 그리고 매월 우체국 은행 주식에 1상팀이든 1유로든 정기적으로 투자한다. 언젠가는 황금으로 바뀌기를 바라면서 가능한 한 신경을 쓰지 않는다.

∞

거리의 달력상 매달 7일은 좀도둑이 판을 치는 날이다. 좀도둑들은 아무도 모르게 온 동네로 흩어져서 노숙인들을 감시한다. 이들의 표적이 되기란 상당히 쉽다. 지난달 나도 식전주를 지나치게 마시고 놈들의 표적이 되었다.

그날 밤 나는 녹초가 되어 벤치 위에서 내 몸무게와 중량이 비슷한 배낭에 기대어 잠이 들었다. 한참을 자고 있는데, 등 뒤를 더듬는 낯선 손길이 느껴졌다. 슬며시 눈꺼풀을 들어올리자 그림자 하나가 시야에 들어왔다. 나는 생각할 겨를도 없이 주먹이 먼저 나갔고, 좀도둑은 치아 한 개가 부러졌다. 그 길로 나는 스스로에게 분노하며 은신처로 올라갔다. 상처 소독은 적십자에서 보급한 구급상자로 했다. 나는 최대한 세심하게 주의를 기울여 상처를 소독했다. 치료가 소홀한 경우, 거리에서는 작은 상처도 쉽게 덧난다. 게다가 이 정도의 찰과

상은 응급실에 가도 받아주지 않는다.

덤불 속에서 저무는 하루를 응시하는데, 문득 나 또한 좀도둑이 될 수 있겠다는 생각이 들었다. 인생이란 살아보지 않고는 모르는 것이니까. 하지만 그런 일은 일어나지 않을 것 같다. 내가 원하는 세상은 그런 것이 아니다.

모두가 취한 달 밝은 밤, 나는 호주머니 안을 더듬어 남은 돈을 확인했다. 그렇게 위험천만한 7일 밤이 지나가고 있었다.

이 일은 《나는 전설이다 I Am Legend》라는 책을 떠올리게 했다. 나는 이 책을 도메닐 광장의 낡은 상자 안에서 발견했다. 누군가 읽고 버린 것이었다. 도메닐 광장은 내가 즐겨 찾는 곳이다. 나는 이곳에 정기적으로 가서 시간을 때운다. 돌아올 때면 어김없이 책 한 권이 배낭에 들어 있다. 두 권을 집어오는 일은 절대 없다. 배낭에 여분의 자리가 없기 때문이다.

윌 스미스가 출연한 영화 〈나는 전설이다〉를 봤을 때만 해도 나는 가정이 있었다. 책은 비길 데 없이 좋았다. 독자들은 지구상에 남은 최후의 남자를 뒤쫓게 된다. 그는 전염병으로 아내와 딸, 친구들을 모두 잃고 혼자 사는 가여운 남자다. 매일 밤, 좀비가 된 이웃들이 몰려와 바리케이드가 쳐진 그의 집 창문을 두드린다. 좀비들은 그를 싫어하며 언젠가는 그도 죽는다는 사실을 알려주기 위해서다.

　나는 그처럼 살아남았다, 가족 없이 3년을. 이 3년간 사람들은 이전과 다른 눈으로 나를 봤고 불편해했다. 내게는 주인공처럼 숨을 집이 없다. 그러나 나도 전설이다.

라피크와 나심

라피크는 가방 세 개와 손수레를 끌고 어디선가 나타난다. 나지막한 목소리로 "안녕" 하고 인사를 한 뒤, 몇 미터 떨어진 곳에 자리를 잡는다. 그가 오자마자 담장 위에 올라앉는 날은 잠이 덜 깼거나 크랙crack°에 취한 날이다.

라피크는 크랙을 피우는 노숙인에 속한다. 그는 늘 담배 끝에서 타들어가는 재를 응시할 뿐 말이 없다. 약지에 낀 은반지는 그를 떠난 적이 없다. 하지만 은반지가 없더라도 우리는 그를 알아볼 수 있다. 그에게선 특유의 냄새가 난다.

○   코카인에서 추출하여 농축한 마약의 일종.

크랙 흡연자들은 좀도둑보다 높은 야망을 품고 있다. 이들은 특히 휴대폰에 눈독을 들인다. 판매가 쉽고, 수익성도 좋으니 당연하다. 스마트폰은 바르베스 거리에서 개당 20유로에 거래되고, 노점에서는 50유로에 거래된다. 크랙을 두고 흥정이 시작되면 즉석에서 거래가 이루어진다. 죠레스의 크랙 판매 상인들은 장물아비와 조를 이루어 활동한다. 크랙 흡연자가 보석이나 돈을 얻고, 앉은 자리에서 원하는 물건까지 얻는 편리한 구조다.

거리에서는 도둑들을 용서하지만 절대로 잊지는 않는다. 예를 들어, 라피크는 이제 겨우 생트마르트 광장으로 돌아올 수 있게 되었다. 그는 어떤 남자의 휴대폰을 훔치려 한 뒤 사라졌었다. 남자는 성격이 좋았다. 정중히 휴대폰을 돌려달라고 부탁할 뿐이었다. 라피크에게는 행운과도 같은 사내였다. 다른 사람이었다면 최소한 이 하나를 부러뜨렸을 테니까. 여하튼 그날 이후로 라피크는 가방을 들고 사라져서 한동안 나타나지 않았다.

도덕적으로나 전술적으로, 최악의 경우는 도둑의 물건을 훔칠 때다. 도둑의 물건을 훔치면 소문이 퍼지자마자 동료들에게 둘러싸여 비난을 받고 따돌림을 당한다. 이후에는 아무도 말을 걸지 않고 돕지도 않는다. 도둑의 물건을 훔친 크랙 흡연자들은 이렇게 완전한 고립무원에 빠지지만, 그렇다고 구타를 당하지는 않는다. 크랙 중독자에게 폭력을 휘두르는 짓은 허약한 노인을 때리는 것처럼 무의미하고 비겁한 일이기 때문이다.

∽

지난달 벤치에 누워 자고 있을 때였다. 일어나 보니 휴대폰이 사라지고 없었다. 나는 라피크가 훔쳤다고 확신하고 그에게 달려갔다. 그날은 운이 좋게 거리의 형제 나심이 생트마르트 광장을 지나가고 있었다. 좋은 친구로서 그는 내 휴대폰을 안전한 곳으로 가져가려던 참이었다. 그 누구보다도 나를 잘 알기에, 선교회에 가서 휴대폰 배터리를 충전해줄 생각까지 했다. 그는 내게 배터리가 얼마나 중요한지 안다. 공쿠르 버스 정류장의 간이 비바람막이 시설에서 휴대폰을 충전하는 나와 곧잘 마주친 까닭이었다. 흔한 일이기는 하지만, 휴대폰은 꼭 필요한 순간에 방전된다. 대부분 이런 경험을 한두 번쯤 해봤을 것이다. 그러나 거리에서 휴대폰이 방전되면 상황이 좀 복잡하다. 이런 경우를 대비해 보조 배터리가 있지만, 그마저도 나는 곧잘 잊어버린다. 그래서 콘센트가 눈에 띌 때마다 가급적 휴대폰을 연결시키고 기다린다. 위급 상황에 대비한 사전 조치다.

그날 저녁은 수호천사 덕분에 휴대폰을 무사히 되찾았다. 실시간으로 PSG°의 경기를 관람할 수 있을 만큼 배터리도 충분했다. 이번에는 아무 잘못이 없던 라피크는 우리와 함께 경기를 관람했다. 이 일을 계기로 그는 즐라탄°° 컬렉션을 새로운 표적으로 삼게 되었다. 즐라탄은 내가 소믈리에로 일하던 시절 레스토랑에서 특급 와인을 대접하던 축구계 스타다.

이날 저녁 우리는 노을을 등지고 담장 위에 앉아서, 백만장자 군단이 공을 쫓는 모습에 환호했다.

○   파리 생제르맹 축구팀.
○○   Zlatan Ibrahimovic(1981~), 스웨덴의 축구선수로 2012~2016년 파리 생제르맹 축구팀 선수로 활동했다.

좀도둑

다시 좀도둑 이야기를 해볼까 한다. 거리의 폭력을 이해하는 데 상당히 중요하기 때문이다. 도둑들에게 크랙맨과 노숙인은 매우 쉬운 표적이다. 매달 7일, 좀도둑들은 목표물이 취약한 틈을 타 습격을 한다. 그 시간은 일반적으로 밤이다.

나는 배낭에 접이식 주머니칼을 넣고 다니지만, 단단한 빵 껍질을 부술 때 외에는 사용하지 않는다. 다른 노숙인들은 방어용 무기를 소지하고 있다. 그중에는 일명 미국 주먹poing américain°을 장착하고 잠자리에 드는 사람도 있다. 내가 선택한 방법은 보다 순하다. 한밤중에 잠에서 깰 때면, 나는 침입

°   격투 시 손에 껴서 사용하는 쇠붙이.

자의 낯짝을 휴대용 라디오 발전기에 달린 램프 불빛으로 비춘다. 나는 이것을 '보이지 않는 힘'이라고 부른다.

이런 나에게도 한번은 폭력을 사용해 스스로를 보호해야 할 일이 있었다. 친구 한 명과 운하 옆에서 잠을 자던 날이었다. 어떤 멍청이가 우리 물건을 훔치려고 했다. 놈이 도둑질을 시도할 때마다 덫을 놓아 잡으려 했지만 허사였다. 녀석이 매번 잽싸게 줄행랑을 친 탓이었다. 그런데 이튿날 밤, 그가 다시 우리를 찾아왔다. 범행 장소로 되돌아오는 얼간이가 분명했다.

그날 밤, 친구와 나는 보초를 서느라 제대로 잠을 자지 못했다. 거의 모든 밤이 그렇지만, 그날 우리는 라 퐁텐의 우화에 나오는 산토끼 같았다.

여기, 이 저주받은 두려움을 보라.
눈을 뜨지 않고는 잠을 이룰 수 없다.

나는 이 우화를 스위스에서 초등학교 다닐 때 배웠다. 스위스식으로 말하면 4학년 때였지만, 아직도 이야기 전체가 속속들이 기억난다. 내게 독서의 즐거움을 가르쳐준 선생님의 이름은 카르멘이었다.

그녀는 우리에게 기초 독일어도 가르쳤다. 그러나 독일어 수업은 그녀 혼자 상염불을 외는 것과 같았다. 황소는 데어 옥스Der Ochs, 암소는 디 쿠Die Kuh, 문을 닫아라는 디 튀어 쭈Die Tür zu⋯. 이제는 기억나는 단어가 거의 없지만, 카르멘 선생님은 이해하실 것이다. 어릴 때 배우지 않았는가, 그것도 초등학교 시절에!

여하튼, 친구와 나는 눈을 뜨고 자며 좀도둑의 발자국 소리에 촉각을 곤두세웠다. 이번에는 계획을 바꾸어 침낭으로 몸을 감싸고 코 고는 시늉을 했다. 침낭은 열린 상태였고, 둘 다 신발을 신은 채였다. 나름 도둑을 잡을 만반의 준비를 하고 기다린 것이다.

마침내 좀도둑이 나타나자 우리는 재빨리 놈의 머리를 침낭으로 감쌌다. 친구는 망원경을 곤봉처럼 휘둘러 침입자를 저격했고, 나는 놈의 다리 한쪽을 붙잡고 바닥에 메다꽂았다. 그다음에 벌어진 일은 별로 재미가 없다. 놈이 더는 우리를 괴롭히지 못하도록 단단히 주의를 준 것이 전부다.

∾

지난여름, 리옹에서 한 무리의 남성들이 노숙 중이던 남자를 구타해 사망에 이르게 했다. 10월 브르타뉴 지방에서는 노숙인 한 명이 한밤중에 단도에 찔려 죽었고, 12월 마르세유에서는 밤을 새던 남자가 잠든 청년을 대검으로 살해했다. 잠든 노숙인을 노리는 쓰레기들은 운하에만 있지 않다. 그들이 어디서 왔으며, 왜 이런 짓을 저지르는지는 나도 모른다. 〈시계태엽 오렌지A Clockwork Orange〉°의 주인공처럼 폭력에 중독된 것은 아닐까 생각할 뿐이다.

어제는 파리 한복판에서 노숙인 한 명이 화상을 입었다. 16구에서 일어난 사건이었다. 가해자들은 피해자가 잠든 사이에 침낭 위에 휘발유를 부었다. 그리고 불길 속에서 죽어가는 사람을 내버려둔 채, 화염에 싸인 주인을 보고 겁에 질려 울부짖는 노숙인의 개를 끌고 갔다.

다행히 그는 불길에서 구조되었다. 하지만 심한 화상을 입고 생명이 위독하다. 아마 병원을 걸어 나오지는 못할 것 같다. 그런데도 인간 이하인 범죄자의 행방은 아직도 묘연하다. 피해자의 개도 물론 찾지 못했다.

○ 안소니 버제스의 소설을 바탕으로, 1971년 스탠리 큐브릭 감독이 각색·제작·연출한 영화. 노숙인 폭행, 집단 싸움, 차량 절도 등 10대 소년의 심각한 비행 문제를 다룬 작품이다.

범죄의 표적과 배낭

다리도 풀 겸, 나는 생트마르트 거리를 내려가며 브라질 스타일의 바와 아프리카 토고 출신 재단사의 알록달록한 진열창 앞을 지나갔다. 아래로 더 내려가면 문을 연 올리브유 상점과 친환경 비누 상점이 있다. 둘 다 가게를 열면서 나와 같은 노숙인 손님을 고려했는지 의문이 드는 곳이다.

  길 끝의 카페 테라스에서 노동자 두 명이 앉아 커피를 마시는 모습이 보인다. 모두 흰색 작업복 차림이다. 이 구역의 모순은 서민적이면서도 부유하다는 것이다. 생트마르트 광장은 수백 명의 노숙인이 경유하는 곳이자, 평방미터당 땅값이 10구에서 최고로 높은 곳이다. 길 왼편의 올리브유 상점이 이곳에 문을 연 것은 지금으로부터 약 10년 전이다.

길을 걷다가 귀여운 친구와 마주쳤다. 내게 미소를 건네는 그녀는 캄보디아 여자로, 나는 그녀의 이름을 모른다. 하지만 그녀가 벨빌역의 성매매 여성들 중 가장 어리고 제일 영리하다는 것은 안다. 그녀의 영리함은 포주가 없다는 데 있다. 그녀가 가까이하는 남자는 주기적으로 찾아오는 고객이 전부다. 1년 전, 어떤 머저리가 그녀를 괴롭히려할 때 내가 막아준 적이 있다. 그녀와 나는 별다른 말을 주고받지는 않았지만, 이 일을 계기로 서로에게 좋은 감정을 품은 사이가 되었다.

나는 성매매 여성들에게 일종의 존경심을 갖고 있다. 노숙인들은 이 구역의 경찰관들과 성매매 여성들의 몇몇 믿음직한 고객들과 함께, 최선을 다해 그녀들을 보호한다. 튀니지 출신의 은퇴한 한 남성은 거의 매일 성매매 여성들에게 오렌지와 말린 과일을 가져다준다.

반면 나는 더 이상 성매매하는 프랑스 여성과 마주치지 않는다. 내가 그녀들을 본 때는 파리에 처음 왔던 청년 시절이었다. 메닐몽텅과 아만디에 거리의 역사가 된 늙은 성매매 여성들, 벨빌의 어린 쎄실, 아리스티드 브뤼앙°의 노래는 이제

°   Aristide Bruant(1851~1925), 샹송 가수. 하층민의 생활을 주로 다룬 노래를 작곡하고 불렀다.

없다. 모두들 그들의 시대와 함께 사라졌다.

지금은 돈도 없고 신분증도 없는 아시아 여성들이 프랑스 여성을 대신한다. 모두 숙식 제공, 일자리 제공이라는 말에 속아 거리로 내몰린 여성들이다. 그녀들은 늘 앞서 걷는 남자 뒤를 멀찌감치 떨어져 걷는다. 나는 이 광경을 매일 목격한다.

모두 쉬쉬하며 피할 뿐, 성매매를 둔 비난의 목소리는 언제나 있어왔다. "저기, 정장 입은 남자 좀 봐! 저녁에 집으로 돌아가면 피곤하다며 일찍 자러 갈걸. 아내에게 들킬까 봐 핑계를 대는 거지. 아니면 저 남자는? 저기, 덩치 큰 남자 말이야! 누가 상상이나 하겠어? 저렇게 점잖아 보이는 남자가 성매매 여성을 찾아다닌다고?"라고 말이다.

성매매 여성은 거리에서 위험에 가장 많이 노출된다. 끝없이 위협에 시달리고, 언제나 범죄의 표적이 된다. 쉽게 눈에 띄고, 법적 보호 장치가 없으며, 연약한 탓에 최적의 사냥감이 되는 것이다.

∽

폭이 좁은 길과 막다른 골목, 몰래 잠자기 좋은 안뜰을 지나 나는 벨빌을 벗어난다. 운하로 가려면 클로드 벨포 대로를 따라 걷다가 생루이 병원을 지나 알리베르 거리로 가야 한다. 프랑프리 슈퍼마켓 앞에는 내가 좋아하는 벽화가 있다. 커다란 공룡과 쓰레기통 높이의 도마뱀, 고릴라, 오랑우탄이 그려진 벽화다.

알리베르 거리에서 비샤 거리로 향하며 나는 카빌리Kabylie° 풍의 바 앞에서 잠시 휴식을 취했다. 바의 이름은 르 카리용으로 이 구역의 역사가 깃든 곳이다. 맞은편에는 프티캄보주 바가 있다. 2015년 11월, 테러°°가 있기 전, 주민들은 이 구역이 끝나는 마지막 지점에 '황금 삼각지대'라는 이름을 붙였다.

나는 마리 에 루이즈 거리를 기웃거린다. 마리와 루이즈는 먼 옛날, 이 일대의 건물을 전부 소유했던 지주의 딸들이다. 이어, 나는 생마르탱 운하로 접어든다. 이곳은 파리의 노숙인들에게는 중앙 집결지와 같은 곳으로, 밤낮으로 얼마나 많은 노숙인이 이곳을 드나드는지는 헤아리기가 어렵다. 그러나 적어도 삼백 명 이상임은 분명하다. 오래전 '돈키호테의 아이

○   알제리의 산악 지방.
○○   2015년 11월 13일, 이슬람 수니파 무장단체 이슬람국가IS가 프랑스 파리에서 자행한 동시 다발 연쇄 테러 사건. 이 과정에서 130여 명의 사망자가 생겼다.

들'°의 천막이 철거된 이후, 노숙인들은 생마르탱 운하의 하늘 아래서 잠을 청한다.

언젠가 나는 운하의 건조 작업을 지켜본 적이 있다. 거리 생활을 시작한 첫 해였다. 운하의 골격과 수문, 빈병으로 가득한 진흙 바닥을 보고 나는 놀라움을 금치 못했다. 이런 곳에서 낚시를 하다니, 기적이 따로 없었다.

오늘은 공사로 다리 운행이 중단되었다. 그래서 나는 철제 다리를 건너야 한다. 이 다리는 영화 〈북호텔Hôtel du Nord〉에서 주베와 아를레티가 건넌 다리다. 장비를 모두 들고 오르다 보면 힘이 드는 곳이다. 등에 진 인생이 무겁게 나를 짓누르기 때문이다.

∽

배낭은 내게 집과 같다. 배낭의 왼편 주머니는 서재로, 수명이 다한 휴대폰, 휴대용 라디오, 노트, 수성펜, 마커, 책 한 권이 들어 있다. 오른편 주머니는 맥주와 참치 통조림이 든 주방이자 파우더 룸이다. 욕실로 사용하던 윗주머니가 찢어

° 프랑스의 노숙인 지원 단체로, 생마르탱 운하 부근에 텐트를 설치하고 2006년 크리스마스에 파리 시민을 초청하여 텐트 생활을 경험하게 했다.

진 이후로 나는 화장품을 이곳에 넣고 다닌다. 배낭의 제일 밑 칸은 침실이다. 여기에는 침낭 두 개와 깔개가 들어 있다. 중앙에는 드레스 룸으로 사용하는 주머니가 있다. 드레스 룸이라고는 하지만 갈아입을 옷 한 벌과 양말 한 켤레, 팬티 한 장, 청바지 한 장이 전부다. 마지막은 지구가 그려진 깃발이다. 나는 이 깃발을 COP21°이 열렸을 때 라 빌레트의 저수지에서 떼어왔다.

아치 위에 올라 나는 걸음을 멈추고 배낭을 내려놓았다. 그리고 잠시 생각을 멈추고 휴식을 취했다. 짐을 도둑맞을 걱정은 없었다. 훔쳐가도 너무 무거워서 멀리는 못갈 테니까. 오는 길에 엠마우스Emmaüs °°에 들러서 갈매기들에게 주려고 크루아상 한 개를 가져왔다. 그런데 갈매기 떼가 보이지 않았다. 아니, 멀리 한 마리가 있다. 왠지 불쌍해 보이는 녀석이다.

나를 발견하고 선회하는 갈매기를 향해 나는 빵 조각을 던졌다. 순간, 지나가던 사람들이 걸음을 멈추고 공중제비를 넘

°   2015년 파리에서 열린 제21차 유엔기후변화협약 당사국 총회. 이 총회에서 채택한 것이 지구온난화를 막기 위한 '파리기후변화협약'이다.

°°   프랑스인이 사랑하는 최고의 휴머니스트인 '피에르 신부'가 창설한 빈민 구호 공동체. 1949년 파리 근교에서 오두막을 짓고 시작해 세계적인 단체로 성장하였으며, 노숙인의 자활을 위해 힘쓰고 있다.

으며 빵을 받아먹는 갈매기를 쳐다보았다.

"이봐, 너도 행복하지? 지금의 나처럼!"

하루가 시작되고 있었다.

흔들리는 것은   2
의자가 아니라 인생

∞

빈자의 발목을 잡고
벼랑 끝으로 내몰아 매장하는 것이
바로 지금의 정의다.
이따금 빈자의 편을 드는 것은
드물게 찾아오는 행운뿐이다.

시칠리아 청년과 쉬르쿠프

나는 높은 곳에 앉아서 행인 사이를 지그재그로 걷는 시칠리 아 청년을 관찰했다. '저자가 저기서 지금 뭐 하는 거지?' 분 명 담배나 맥주를 사 마실 푼돈을 구걸하고 있을 것이다. 수 입은 전혀 없지만, 수완이 좋은 친구다. 한동안 보이지 않더 니 다시 나타났다. 도둑질을 하다가 걸려 벌을 받은 것 같다. 그동안 어디에 있었냐고 물으면, 아마도 그는 마피아를 피해 숨어 있었다고 대답할 것이다. 그러면 나는 늘 그랬듯 그의 말을 믿는 척할 것이다. 그는 다른 노숙인들과 섞이지 않으려 고 상당히 노력한다. 일반인처럼 보이려고 애를 쓰고, 여자 친구를 사귀려고 기를 쓴다. 사랑의 힘으로 길바닥 생활을 청 산하는 것, 이것이 그의 인생 계획이다.

거리에는 젊은 친구들이 많다. 모두 매우 이른 나이에 거리로 나온 친구들이다. 이들이 가출을 하는 이유는 부모의 폭력, 반항심, 성적 학대, 가족 내 불화 등 경미한 차이만 있을 뿐 크게 다르지 않다. 참고 살다가 인내심의 한계를 느끼고 집을 뛰쳐나온 아이들은 스쿼트squat °로 숨어들고, 잡히지 않으려고 외출도 거의 하지 않는다. 어릴수록 눈에 잘 띄기도 하고, 경찰이 나이 어린 순으로 수색을 시작하는 탓에 포위망에 걸려들 가능성이 높아서다. 경찰의 덫에 걸리는 즉시, 아이들은 그대로 관할 지역의 보건사회국으로 이송된다. 그러나 그곳에서도 일탈은 계속된다.

경찰의 포위망에 걸리지 않는 유일한 미성년자는 혈혈단신의 모로코 어린이들이다. 숨는 데 일가견이 있는 열한두 살 남짓의 이 아이들은 낮에는 객차 안에서 잠깐 눈을 붙이거나, 지하철 조차장에 숨어서 본드를 흡입한다. 아이들이 밤을 어디서 보내는지는 나도 알지 못한다. 마주치는 일이 거의 없

°   사람들이 불법 점거하여 거주하는 빈집. 1971년 독일 프랑크푸르트에서 이탈리아 이주민에 의해 첫 스쿼트가 만들어졌다. 프랑스에서는 1972년 몽트뢰유, 이시레몰리노, 파리 13구, 14구를 시작으로 수많은 스쿼트가 생겨났다. 이후 스쿼트는 예술가들의 창작 공간이자, 대중과의 교류 공간으로 발전했다.

고, 있더라도 눈에 띄지 않아서다. 모로코 아이들이야말로 도시의 살아 있는 전설이라고 해도 과언이 아니다.

∞

나는 시칠리아 청년을 레퓌블리크의 '밤샘 시위'°에서 만났다. 적지 않은 노숙인이 이 밤샘 시위에 텐트를 치고 참여했다. 모두 야영 전문가인데다가, 노동법에 반대하는 시위 참여가 득이 되기 때문이었다.

레퓌블리크 광장은 그때나 지금이나 뜨겁다. 특히 파리 시청이 이곳에 야외 모래사장을 설치한 후에는 연일 뜨거운 밤이 이어진다. 덕분에 수풀 사이에서 잠을 청하던 상당수의 노숙인들은 생마르탱 대로로 이동해, 아르메 뒤 살뤼역으로 부활한 옛 전철역에서 낮 시간을 보내야 했다. 이들이 옹기종기 모인 전철 입구는 현재 긴급 구호 시설로 사용 중이고, 늘 초만원 상태다. 일반적으로는 이곳에서도 샤워를 할 수 있겠지만, 현실적으로는 거의 불가능하다. 몸을 씻기 위해 기다리는 줄이 너무 길고, 전철역 안이라서 환기가 전혀 안

°   2016년 프랑스의 프랑수아 올랑드 정부의 노동법 개악에 반대하여 일어난 시위.

되기 때문이다.

오후 6시, 센터가 문을 닫으면, 생마르탱역의 노숙인들이 순식간에 거리로 쏟아져 나온다. 8호선, 5호선, 11호선 전철 플랫폼은 이들이 즐겨 잠을 청하는 곳이다. 레퓌블리크역도 마찬가지다. 밤마다 12명가량의 남녀가 서로에게 의지해 이곳에서 눈을 붙인다. 상황이 이렇다 보니 파리교통공사의 공무원들도 전의를 상실한 지 오래다.

전철역 안에서 잠을 자는 노숙인 수는 바깥보다 월등히 많다. 따뜻하고 유동 인구가 많아서 구걸하기 편하기 때문이다. 그렇다고 전철역 안이 거리보다 안전하다는 뜻은 아니다. 쥐가 들끓는 플랫폼은 불결하며, 공기 오염이 심하다. 그리고 인간의 존엄성도 쉽게 무너진다. 이곳에서 생활하는 노숙인은 더러워지는 속도도 빠르고, 인간성을 상실하는 속도도 빠르다. 원하는 것을 얻기 위해서라면 언제든 도둑질도 마다하지 않는다. 이 중 몇몇은 스스로를 터널 안에 가두고 어둠 속에서 영원히 빠져나오지 못한다. 포악해진 성격으로 아스날, 아소, 몰리토 같은 파리의 유령 정거장처럼 보이지 않는 존재로 살아간다.

내게 처음으로 폐쇄된 전철역 이야기를 해준 사람은 쉬르쿠프이다. 그는 파리에 첫 발을 내딛던 청년 시절의 나처럼 젊지만, 전철에서 지하 묘지에 이르기까지 파리에 관해 모르는 것이 없다.

　　나는 그와 함께 지하 세계를 탐험하지는 않았다. 하지만 그가 들려준 이야기는 전부 다 기억하고 있다. 예를 들면 이런 것이다. 지하에는 1980년대 지하족Cataphiles°이 만든 여러 개의 홀이 있다. 이곳에서 지하족은 저녁마다 모여서 기괴한 의식을 치른다.

　　지하족은 서로 모르는 사람이 없다. 그러나 파리 남부의 지하 도로는 소규모 그룹이 탐험하기에는 지나치게 넓다. 이런 이유로 그들은 그룹 회보, 전단지, 시, 사진, 책 같은 아기자기한 기념품에 빠진다.

　　나에게는 전부 황당하게 들리는 이야기다. 나는 쉬르쿠프와 지하 세계를 탐험하기보다 전철역 안을 산책하는 쪽을 더 좋아한다. 이런 나의 취향에 맞추어, 그는 나와 함께 파리의

○　　파리 지하의 터널, 묘지, 동굴을 무허가로 탐험하는 사람들.

여러 유령역을 탐험했다. 그러던 어느 날, 우연히 파리교통공사가 촬영지로 사용하는 릴라역에 가게 되었다. 그리고 그곳에서 지금은 전설이 된 1930년대의 초록색 기차, 스프라그 톰슨을 보았다. 꿈만 같은 일이었다.

나무 의자는 니스 칠을 해서 반들반들 윤이 났고, 일등 칸의 머리 부분에는 황금색 파리시 로고가 장식되어 있었다. 모든 것이 한 시대를 풍미한 옛 모습 그대로였다.

감상을 마치고 릴라역을 빠져나오자, 1995년을 떠올리게 하는 풍경이 우리를 기다리고 있었다.

사망자

육교 위에서 시칠리아 청년에게 인사를 하자, 그가 한차례 손
을 흔들었다. 그리고는 재빨리 뒤돌아섰다. 나처럼 늙은 꼰
대가 귀찮은 걸까? 설마 아닐 것이다. 여하튼 그를 언제 다시
보게 될지 모르겠다. 한 달 후라면 가능할까? 그가 걱정이 되
어서는 아니다. 그는 아직 젊다. 연락이 닿지 않을 때 걱정이
되는 것은 오히려 노인들이다. 거리에는 '무소식이 비보'라는
말이 있다. 생사가 확인되지 않은 상태로 일주일이 지나고,
또 한 주가 지나면 슬슬 걱정이 되기 시작한다.

거리에는 오늘 혹은 내일 자취를 감추고, 두 번 다시 돌아
오지 못하는 사람들이 많다. 쉬르쿠프도 이런 식으로 내 인
생에서 종적을 감췄다. '거리의 사망자 단체Collectif Les Morts de la

Rue'°의 보고서를 우연히 보고 나서야 나는 그의 죽음을 알았다.

이름이 가리키듯, 이 단체는 거리에서 사망한 노숙인을 조사해 매년 보고서를 발행한다. 이들의 집계에 따르면, 한 해에 매일 한두 명, 혹은 세 명의 사상자가 발생한다. 겨울에는 더 많고, 이 중에는 어린이도 종종 포함되어 있다. 비망록에는 사망자의 이름과 나이가 적혀 있다. 하지만 이것도 신원이 확인된 경우에만 속한다.

보고서에서 쉬르쿠프라는 이름을 발견하고, 나는 그에게 무슨 일이 있었는지 알아보려고 했다. 구급대가 그를 발견한 것은 아침이었고, 20구에서였다. 그 이상 내가 알아낼 수 있는 것은 없었다. 그는 길거리에서 죽음을 맞이했고, 그뿐이었다. 그날 나는 눈물을 흘리기보다 애도의 술을 마셨다.

나는 쉬르쿠프가 어디에 묻혔는지 모른다. 다만 페르라셰즈 묘지°°가 아닌 것만은 확실하다. 오스카 와일드와 이브 몽땅

°   2002년에 창설된 단체로, 거리에서 살다가 사망하거나 생활하는 이들을 집계해 매년 보고서를 작성하고, 이들을 위한 지원 및 사회 인식의 변화를 위해 힘쓰고 있다.
°°   1804년 만들어진 파리의 공동묘지. 쇼팽, 오스카 와일드, 모딜리아니, 이브 몽땅 등 유명 인사들이 잠들어 있다.

사이에 남은 묏자리가 쉬르쿠프를 위한 것은 아닐 테니까.

거리에서 사망한 이들은 티에나 팡탱의 극빈자를 위한 묘지에 묻힌다. 4,000개의 묏자리가 이곳에서 우리를 기다린다. 이만하면 많은 셈이다.

티에와 팡탱의 무덤들은 대부분 이름 없이 콘크리트 평판으로 봉인된다. 시신이 보존되는 기간은 5년이다. 죽은 자들은 형편없는 나무 관 속에서 가족이 찾으러 올 날을 기다린다. 그러다가 아무도 찾아오지 않으면, 화장 후 납골당으로 옮겨진다.

티에 공동묘지 입구에는 사망자의 등록 장부가 있다. 땅속에 묻힌 이들의 사망 일시와 그날의 날씨, 발견자의 증언 등 사안에 관한 모든 자료가 그 안에 기록되어 있다.

노숙인들은 거리에서 외롭게 죽음을 맞이한다. 하지만 이렇게 세상과 작별하는 사람은 우리만이 아니다.

흔적 없이 사라진다는 것

매년 '거리의 사망자 단체'가 발행한 보고서가 도착하면 나는 시간을 두고 자세히 살펴본다. 이번에도 신원 불명의 사망자가 많다. 모두 가족과 친지, 신분증이 없는 사람들이다. 이들 중에는 자발적 신원 불명자도 존재한다. 그들은 생존 시 지인들에게 일종의 지령을 내린다. 사체 감식을 바라지 않으며, 흔적 없이 사라지기를 바란다는 내용이다.

거리의 형제 나심도 이 같은 죽음을 준비한다. 나는 그를 이해한다. 그는 프랑스어 교사였다. 그런 그가 하루아침에 추락했다. 다른 노숙인들처럼 그에게도 배우자와의 문제, 직장 문제, 집 문제라는 세 가지 액이 한꺼번에 덮쳤다. 그는 쉰여덟 살이다. 길바닥 생활이 노화를 두 배 빨리 진행시킨다는 사실을 감안하면, 나이는 종이에 적힌 숫자에 불과하다. 나심은 알코올 중독에서 벗어나기 위해 정기적으로 병원에 간다. 비록 그가 자주 언급하지는 않지만, 나심이 가장 두려워하는 것은 자신이 사망한 뒤, 우연찮게 딸이 '거리의 사망자 단체'의 보고서를 보고 사망자 명단에서 아버지의 이름을 발견하는 것이다. 또한 사인 내역에서 알코올 중독이라는 단어를 발견하는 것이다.

나심은 모두가 자기를 잊기 바란다. 신원 불명으로 남기를 바란다. 이런 단 하나의 이유로 그는 신분증을 갱신하지 않았다. 그러나 그에게는 법적으로 신원 불명으로 남을 권리가 없다. 거리에서 사망한 신원 불명자는 모두 시체 공시장公示場을 거친다. 이곳에서 부검을 거쳐 사망 원인이 밝혀지고, 기록에 남겨진다. 그러므로 나심에게는 흔적 없이 사라질 권리가 없다.

부검 결과를 기록하는 보고서에는 체내 알코올 함유량, 생체 기관 상태, 사망 원인 등 나심이 감추고 싶어 하는 점이 모두 기재된다. 원하지 않아도 지문 하나면 이름과 얼굴이 드러나며 신원이 밝혀진다.

나심의 신분증에 실린 증명사진은 10년 전의 것이다. 예나 지금이나 이름은 그대로이지만, 깊게 주름진 지금의 얼굴을 보고 사진과 동일 인물이라고 추정하기는 어렵다. 10년 전만 해도 나심은 프랑스어 교사였고, 한 가정의 아버지였으며, 은행을 들락거렸고, 세금을 냈다. 전부 지금은 해당 없는 것들이다. 검지의 지문만이 10년 전의 나심과 지금의 나심이 동일 인물임을 증명해주는 유일한 증거인 셈이다.

나에게는 그럴 걱정이 없다. 몇 달 전 건강보험증을 분실해서 옛날 사진이 하나도 남지 않았기 때문이다. 잃어버린 사진 속 나는 짧은 머리에 면도를 하고 안경을 쓰고 있다. 지금과는 완전히 다른 낯선 사내의 모습이다.

거리 생활은 사람을 빨리 늙게 하고, 내 얼굴에도 지울 수 없는 자국을 남겼다. 주름 방지 크림도 기적도 이 흔적을 지우지는 못한다. 언젠가 사라지고 싶은 날이 오면, 나는 빨간색 반다나°를 묶고, 이발을 하고, 면도를 할 것이다.

그때가 되면 아무도 나를 알아보지 못할 것이다. 나와 딱 한 사람 나심을 제외하고는.

∽

아르 에 메티에역에는 통풍구 사이를 오가는 노인이 있다.

° 스카프 대용으로 쓰는 큰 사각 손수건.

모두가 그를 알고 있다. 그런데 그가 언젠가부터 보이지 않는다. 연기처럼 흔적 없이 사라졌다. 그는 아르 에 메티에역에서 10여 년간 홀로 살았다. 비틀즈의 노래 〈노란 잠수함Yellow Submarine〉을 닮은 이 전철역은 그가 아내에게 버림받고 인생이 송두리째 나락으로 떨어진 곳이다.

사람들은 모두 그가 죽었다고 생각한다. 하지만 나는 아니다. 나는 슬픈 생각 대신 즐거운 상상을 하고 싶다. 이를테면 이런 상상이다. 어느 날 그는 기차에 뛰어오른다. 기차는 파라솔 소나무가 빼곡한 남쪽을 향해 달리고 있다. 종착역은 이름하여 젊음의 고장, 세트Sète °다.

∞

지난주 월요일, '거리의 사망자 단체'의 보고서가 발행되던 날, 언론은 프랑스 국회의 향후 쟁점을 보도했다. 제목은 '쇼콜라틴인가, 팽 오 쇼콜라인가?' °°였다. 정치인들은 여덟 명의 어린이가 거리에서 사망한 것보다 빵의 이름을 정하는 일

○   프랑스의 베네치아라고 불리는 남부의 항만 도시.
○○   쇼콜라틴chocolatine과 팽 오 쇼콜라pains au chocolat는 모두 초콜릿을 넣어 만든 비엔나 풍의 페이스트리를 지칭하는 단어.

이 더 중요하다고 믿는 모양이다.

웃기는 일이다. 돈은 국민이 내고, 국회의원, 정무 차관, 쟁점의 발의인이 수 주 내로 모여서 이 페이스트리의 명칭을 두고 논쟁을 벌일 예정이란다.

이 일은 내게 새로운 분야의 이름을 두고 벌이던 또 다른 논쟁들을 떠오르게 했다. 모두 외국인과 동거를 앞두고 비닐봉지를 비닐봉지 대신 플라스틱 포켓이라고 불러야 할지 고민하는 머저리들이다. 방화범도 없지만, 이러한 이상 현상은 프랑스 내에 불길처럼 번지고 있다. 지식인이나 정치인도 이 보이지 않는 화재를 진압하지 못한다. 앞으로는 보다 시시한 일로 논쟁을 벌이는 일이 많아질 것이다. 그리고 언젠가는 한 블록 떨어진 거리를 구실 삼아, 벨빌과 생트마르트 광장이 치고받고 싸우게 될 것이다.

나는 프랑스 국회가 쇼콜라틴도 팽 오 쇼콜라도 더는 먹지 못하는 이 여덟 아이의 죽음을 진심으로 애도하기를 바란다. 그리고 더는 같은 일이 반복되지 않도록 머리를 맞대고 고심하기를 바란다.

뜻밖의 연락

파리 시청으로부터 초대장을 받았다. 거리에서 사망한 510명의 노숙인을 추모하는 자리에 참석해달라는 내용이었다. 트위터를 통해서였다. 장소는 시청의 호화로운 접견실이었다.

추모식은 내가 불참한 상태로 진행되었다. 아니, 내게는 애초에 지정된 좌석도, 의견을 내세울 발언권도 없었다. 시청 일대는 나를 바퀴벌레 취급하는 경찰관과 관광객으로 붐볐다. 그날 이후 나는 좌안 지구°는 얼씬도 안한다. 파리에서 내가 좋아하는 곳은 좀 더 서민적인 구역들이다. 안락하지만

○ 센강을 중심으로 파리는 좌안과 우안으로 구분된다. 센강 오른쪽은 우안 지구로 경제 중심지이며, 센강 왼쪽은 좌안 지구로 교육과 연구 중심지이다.

진정성과 개성이 결여되어 있고, 상호 협력과는 무관한 좌안 지구는 나와 관련이 없다.

시테섬을 관통해 센강을 건널 때에도 나는 퐁네프°를 이용한다. 경찰서에서 가능한 한 멀리 떨어져서 걷기 위해서고, 거리 생활 초기의 나와 그 시절의 안 좋은 기억을 떠올리고 싶지 않아서다.

1년 가까이 아내에게 소식이 없던 어느 날의 일이다. 발신자 표시 제한으로 전화가 걸려왔다. 수화기 속 남자는 자기를 미성년자 전담반 형사라고 소개했다. 처음에는 전화를 잘못 걸었거나, 장난 전화라고 생각했다. 하지만 그는 내가 경찰의 조사를 받고 있으며, 출두 명령이 떨어졌으니, 다음 날 경찰서로 와야 한다고 말했다.

터무니없는 일이었다. 내가 아들을 폭행했다니! 경찰서에서 아내의 진술은 거짓이었다. 다른 남자와 새로운 인생을 살기 위해 꾸며낸 이야기였다.

나는 수치스러움에 차라리 양손을 자르고 싶었다. 하지만

o   센강에 있는 가장 오래된 다리.

가야 했다. 애써 억울함을 참으며 경찰들의 구역으로 유명한 케 드 제스브르에 도착하자, 엄청난 두려움이 엄습했다.

파란색 옷을 입은 경찰관이 일층 사무실까지 나를 안내했다. 자크 메스린°이 폭탄을 던진 이후로 새롭게 단장한 곳이었다. 눈이 멀 정도로 밝은 조명 아래, 4면이 모두 흰 공간에 들어서며 나는 악몽을 꾸고 있다고 생각했다. 나갈 수만 있다면 창문 밖으로 뛰어내리고 싶었다.

호감이 가는 타입은 아니었지만, 결과적으로 그는 훌륭한 경찰관이었다. 나의 결백을 믿어주었기 때문이다. 운이 좋았다. 다른 경찰관을 만났다면 철창신세를 면하지 못했을 것이다.

무시무시한 괴물의 배 속에서 튕겨져 나오며, 나는 한 무리의 관광객과 마주쳤다. 콩시에르쥬리Conciergerie°°를 구경하러 온 사람들이었다. 그중 발밑에 수용소가 있다는 사실을 아는 사람은 아무도 없는 듯했다. 그렇다고 달려가 딱히 알려줄 마

°   Jacques Mesrine(1936~1979). 1962년부터 32번의 은행 강도, 42명 살인, 4번 탈옥 등 극악무도한 범죄를 저지른 프랑스의 악명 높은 범죄자.
°°   센강 가운데 있는 시테섬 서쪽에 위치한 관광 명소. 파리 최초의 궁전이었고 프랑스 혁명 당시 감옥이었으며 현재는 국립역사기념관으로 사용되고 있다.

음은 아니었다. 가난하거나 사과를 훔쳤다는 죄목으로 감옥
에 수용된 사람들이 중세 이후 얼마나 많은지는 파리 시민도
잘 모른다.

나는 콩시에르쥬리를 방문할 생각이 전혀 없다. 작년, 나심
은 이곳에서 1년간 갇혀 지냈다. 포부르뒤탕플 거리의 모노
프리 슈퍼마켓에서 신발 세 켤레를 훔친 죄였다.

∞

거리에서는 실수할 권리가 없다. 아무것도 아닌 일에 넘어
져서 두 번 다시 일어나지 못할 수도 있기 때문이다. 슈퍼마
켓 주인이 작정만 하면, 싸구려 술을 훔친 노숙인을 경찰서
로 넘기는 것쯤은 일도 아니다. 노숙인의 운명은 부유한 집안
의 아들이 보드카를 훔치다가 잡힌 것과는 다른 방향으로 흘
러간다. 사실이 그렇다. 부잣집 아들은 잡혀도 계산대에 돈만
내면 집으로 돌아갈 수 있으니까.

정의는 빈민을 보호하지 않는다. 빈자의 발목을 잡고 벼랑
끝으로 내몰아 매장하는 것이 바로 지금의 정의다. 이따금 빈
자의 편을 드는 것은 드물게 찾아오는 행운뿐이다.

테러

가을 저녁이다. 테라스마다 주말 파티가 열리고, 거리는 인파로 북적인다. 나는 평소처럼 선교회를 나섰다. 나심은 저녁을 먹으러 오지 않았다. 술을 마시고 일찌감치 낮잠을 자러 주차장으로 갔다. 그가 없으니 같이 담배 피울 사람이 없어 적적하다.

나는 기분 좋게 생트마르트 거리로 접어들었다. 그리고 천천히 운하를 향해 내려갔다. 잠자리에 들기에는 아직 이른 시간이었고, 주머니에는 캔 맥주와 롤링 타바코가 들어 있었다. 자기 전에 할 일이 이미 정해진 것 같았다.

황금 삼각지대와 카리용을 지나 프티캄보주 앞에 이르자, 맞은편 거리에서 사람들의 웃음소리가 메아리쳤다. 웃음소리는 언제 들어도 좋다. 11월의 저녁마저 따스하게 만든다. 나는 한달음에 운하로 내려갔다. 이 시간이면 젊은이들이 삼삼오오 물가에 모여 앉아 로제 와인을 홀짝이고, 감자칩을 씹으며, 담배꽁초를 운하로 던진다. 나는 그들을 지나 조용한 곳에 자리를 잡고 캔 맥주와 담배를 꺼냈다.

담배에 불을 붙이고 캔을 따는 순간, 어디선가 굉음이 들려왔다. 이어 오토바이 한 대가 낡은 배기관으로 매연을 뿜으며 지나갔지만, 신경을 쓰는 사람은 아무도 없었다. 나도 마찬가지였다.

하지만 잠시 후, 오감이 곤두서며 이상한 예감이 들었다. 그때 두 번째 굉음이 들려왔다. 황금 삼각지대 부근에서 문제가 생긴 것 같았다. 굉음의 정체는 여전히 모호했다. 언젠가 들어본 것 같았지만 통 기억이 나지 않았다.

'어디서였더라? 그래, 맞아. 전쟁의 총포 소리!' 그제야 스위스 군대에서 들었던 기억이 났다.

나는 자리를 박차고 일어나 알리베르 거리를 향해 걸음을 옮겼다. 무슨 일인지 알아보기 위해서였다. 물가에 앉아 있던 청년들도 나와 함께 목적지로 향했다. 몇몇은 뛰고, 또 몇몇은 걸었다.

나는 난투극이 벌어졌다고 생각했다. 사실이든 아니든 벨빌은 언제나 대형 범죄의 땅이었다. 벨 에포크°의 티티°°들과 대중가요 속 예쁘장한 불량배들이 주저하지 않고 총격을 가하던 곳. 개중에는 경종을 울리는 사건도 있었다. 그래도 한동안은 잠잠했다. 일명 '백색 가루 제왕' 조직이 붕괴된 이후, 별다른 사건 없이 조용했다. 그러면 이번에는 누굴까? 중국 마피아의 소행인가? 아닌 것 같다. 그들은 더러운 속옷을 공개적으로 빨지 않는다. 은밀한 장소에서 조용히 해치우고 아무렇지 않게 집으로 들어가는 것이 그들의 수법이다.

갑자기 다른 가설이 떠오르지 않았다. 그러다가 '밀매꾼 간의 싸움은 아닐까' 하는 생각이 들었다. 사실이라면 처음 하는 구경이다. 그런데 뭔가 이상했다. 대마초 밀매꾼들은 길 한복판에서 난동을 부리지 않는다. 여기가 마르세유도 아니고, 기껏해야 바나나 속에 막대형 대마초 조각을 숨기고 다니는 사람들이 이렇게 큰일을 저지를 리가 없다. 더군다나 이들은 마약 밀매 사슬의 최하층에 속한다. 대마초 상인에 관해서

○   '좋은 시대'라는 뜻. 프랑스의 정치적 격동기가 끝나고 제1차 세계대전이 시작되기
전까지의 19세기 말~20세기 초의 기간을 이른다.
○○   교외 청년 노동자를 지칭하는 단어로, 빅토르 위고의 《레 미제라블Les Misérables》의
등장인물 가브로슈를 원형으로 한다.

라면 나도 모르는 게 없다. 거리로 나앉기 전에 알고 지내던 제과점 아들 모모처럼 말이다. 모모는 열두 살 때부터 방과 후마다 친구들과 밀매꾼들의 망을 봐줬다. 그리고 그 대가로 20프랑°을 받고, 케밥을 얻어먹었다.

나는 배낭을 메고 무작정 퐁텐오루아 거리로 향했다. 이때였다. 또다시 총성이 울리고, 사람들이 사방에서 비명을 지르며 뛰기 시작했다. 끔찍한 광경이었다. 아무도 어디로 가야 할지 몰랐고, 무슨 일인지 아는 사람도 없었다.

나는 공중화장실과 육교 사이를 비집고 들어가 뇌가 정보 수집을 마칠 때까지 꼼짝 않고 기다렸다. 사람들의 비명 소리는 총성이 멈춘 뒤에도 계속되었다. 첫 번째 사이렌이 울리고, 회전 경보등을 번쩍이며 경찰차 한 대가 지나갔다. 두 번째, 세 번째 사이렌에 이어 한 무더기의 경찰차가 굴러 떨어지듯 루이 블랑 거리를 내려왔다. 열린 차창 사이로 발사 준비를 마친 기관총과 굳은 얼굴들이 보였다.

나는 왼손에는 맥주를, 오른손에는 피우다 만 담배를 들고

○   유로화가 되기 전 프랑스에서 사용하던 지폐의 단위로, 한화로 약 4,000원이다.

겁에 질려서 그대로 얼어붙었다.

구급차가 경찰차 뒤를 따르는 것을 본 뒤에야 나는 도망칠 생각을 했다. 그리고 운하를 거슬러 올라 죠레스역으로 향했다. 맨체스터의 노숙인°과는 전혀 다른 행보였다. 어린이를 위한 콘서트에서 테러가 있던 날, 그는 제일 처음 사고 현장으로 달려가 구조를 벌인 영웅이었다.

이제야 고백하지만, 이날 저녁 나는 다른 사람들처럼 도망치기 바빴다. 살아남기 위해서였다. 주변이 조용해진 뒤에야, 나는 걸음을 멈추고 꼬인 이어폰 줄을 풀었다. 그리고 테러가 있었다는 사실을 알았다. 사론에서 또 한 번의 총격전을 벌인 후, 테러리스트들은 동쪽으로 이동 중이었다. 나는 서쪽으로 가기로 했다. 생존을 위한 당연한 선택이었다.

∽

이튿날 파리의 거리는 영화 〈나는 전설이다〉의 세기말 풍경처럼 황량했다. 생트마르트 광장은 어제의 테러 이야기로

° 2017년 5월 22일 영국 맨체스터에 위치한 실내 경기장에서 자살 폭탄 테러가 발생했다. 경기장 주변에서 노숙하던 스티븐 존슨은 현장에서 부상자들을 도와 화제가 되었다.

술렁였다. 모두가 간밤의 일로 한마디씩 하느라 분주한 모습이었다. 이때 나심이 꽃처럼 말쑥한 얼굴로 나타났다. 그는 어젯밤 내내 지하 3층 주차장에서 숙면을 취하느라 테러가 일어난 줄도 몰랐다. 진입로가 전부 폴리스라인으로 봉쇄되어 온 동네가 마비되었지만, 구급차에 실려 가는 사상자와 무장 군인을 보지 못한 그는 농담을 지껄이며 별세계에서 온 사람처럼 행동했다.

나심은 나에게 테러 소식을 전해 듣고 굉장히 놀란 눈치였다. 세탁물처럼 하얗게 질린 그의 얼굴을 보고, 때로는 직접 겪은 일보다 전해 들은 일이 훨씬 더 충격적이라는 사실을 알았다. 이튿날 아침, 나는 현장을 보고 싶어 하는 나심과 함께 총격전이 벌어진 장소로 갔다. 상흔을 확인한 다음에야 그는 테러를 실감했다.

2015년 11월 13일 파리 테러 이후, 프랑스인의 삶은 크게 달라졌다. 비지피라트vigipirate°가 발령되며 정상적인 생활이 불가능해졌다. 특히 등짐을 진 노숙인의 삶은 더욱 곤궁해졌다. 검문이 심해서 건물 출입이 어려워진 탓이다. 반면, 테러

○   프랑스의 국가 안보 경보.

는 프랑스인을 보다 뭉치게 했다. 사고가 있은 후 몇 달 간, 프랑스인은 전에 없던 강한 결속력을 발휘했다. 그날 밤은 악몽의 서막 같았다. 하지만 지금은 모두 다 익숙해졌다.

여자와 함께한 시간

어머니를 생각할 때마다 나는 여성이 남성보다 강하다는 생각을 한다. 여성은 나약한 남성을 보호하고 돕는다. 정부 내각에 여성의 이름이 많이 오르지 못하는 것도 남자들이 저지른 바보짓을 해결하느라 여자들이 항상 바쁘기 때문이다.

거리에서도 여성의 삶은 장밋빛과는 거리가 멀다. 노숙인을 위한 각종 센터는 여성에 대한 배려가 없다. 화장실은 여성에게 불편하고, 공동 침실은 눈곱만큼도 사생활을 기대할 수 없다.

여성에게 가장 큰 짐은 다른 무엇도 아닌 그들의 신체다. 여성의 신체는 남성의 이목을 끌고, 손쉬운 가해의 대상이 된다. 매력적으로 보인다는 것과 가해의 표적이 된다는 것은 다르지만 둘 다 위험하기는 마찬가지다.

단순히 남자들 사이에 앉는 것도 여자들에게는 굉장한 용기가 필요하다. 남성의 엉큼한 시선이나 상처가 되는 말, 모욕적인 행동에 과감히 맞서야 하기 때문이다. 물론 이런 일은 흔하게 일어난다. 남녀로 뒤섞인 무료 급식소의 행렬만 봐도 그렇다. 이곳은 왈츠를 추듯 여성의 엉덩이를 더듬고, 대담하게 가슴을 주무르는 남자들의 손을 참아내야 하는 인내의 장이다.

나로 말할 것 같으면, 어떤 여자가 말했듯, 거리의 여성들에게는 전혀 두려운 대상이 아니다. 그렇다고 내게 욕망이 아예 없는 것은 아니다. 나 또한 뭇 남성들처럼 예쁜 여자를 보면 가슴이 설렌다. 예를 들면, 매일 오가며 마주치는 레스토랑과 카페 테라스에 앉은 여성들이 그렇다. 아름다운 여성은 눈앞에 있는 것만으로도 큰 기쁨이 된다.

∞

내 인생에서 여자와 함께한 시간은 많지 않았다. 가장 최근에 냇가에서 만난 여자와 보낸 시간도 매우 짧았다. 초겨울이었고, 그녀는 내게 세계 여행을 떠나 비어 있는 아들의 방을 빌려주었다.

우리는 서로 마음이 잘 통했다. 함께하는 시간도 즐거웠다. 저녁이면 나란히 앉아 레드 와인을 나눠 마시기도 했다. 음주량은 늘 한 잔을 넘지 않았다. 우리는 상호 보완적인 관계였다. 그녀가 나를 궁지에서 벗어나게 해주었으니, 그런 그녀를 위해서 나도 술을 줄이고 일자리를 찾아야 했다. 물론 둘 다 나를 위해서도 좋은 일이었다.

길바닥 인생에서 벗어나는 방법은 딱 두 가지다. 도와줄 사람을 만나거나 집을 구하는 것. 구직 센터를 통해 일자리를 얻으려 해도 부지런히 오가며 서류를 작성할 책상이 있어야 한다. 저녁이면 쉴 침대, 면접 당일 들여다볼 거울도 필요하다. 그리고 이 모든 일은 다른 누군가의 지원 없이는 불가능하다.

늦은 귀가를 걱정해주는 여자는 남자를 변화시킨다. 나도 그랬다. 안정감을 되찾고 자신감이 생겼다. 우리에게는 커플이 갖는 힘이 있었다. 우리는 서로를 도왔고, 서로에게 관심을 기울였다.

하지만 그녀와 나의 우호 관계는 8일 만에 깨졌다.

관계가 끝나던 날, 나는 생트마르트 광장에서 깨끗한 얼굴로 무거운 배낭도 없이 자유로운 시간을 보냈다. 저녁이 되어 집으로 돌아가던 길, 나는 와인 가게 유리창에 반사된 내 모습을 보고 깜짝 놀랐다. 눈앞에 웬 말쑥한 사내가 서 있었기 때문이었다. 절로 미소가 지어지는 시간이었다. 기분이 좋아진 나는 상점으로 들어가 보르도 산 와인을 한 병 사 들고 서둘러 귀가했다. 그녀가 보낸 하루에 귀를 기울이며 함께 저녁 식사를 준비하기 위해서였다.

현관문을 열고 안으로 들어서던 찰나였다. 그녀가 내게 할 말이 있다는 예감이 들었다. 그리고 예감은 적중했다. 그녀는 그날 아침 맏아들에게 전화가 왔다고 말했다. 그리고 노숙자를 집 안에 들인 일로 아들에게 '맹렬한 비난'을 받았다고 했다. 그녀는 매우 당황한 듯했고, 슬퍼 보였다. 그러면서도 내게 가족들 몰래 자기 집에서 지내도 좋다고 말했다. 하지만 나는 짐이 되기 싫었다. 그래서 그녀의 제안을 거절하고, 그 즉시 소지품을 챙겨 들고 밖으로 나왔다.

그렇게 나는 다시 거리로, 고독과 결핍 속으로 되돌아왔다. 나심은 침통한 얼굴로 담장 위에 앉아 있었다. 레스토랑 테라스에서 입맞춤하는 남녀를 응시하는 그는 다른 세계에 있는 듯했다. 자신의 학창 시절과 어른이 된 이후의 삶 어디쯤에서 작동이 멈춘 것 같았다. 세상의 모든 교사는 그렇다. 영원히 학교를 떠나지 못한다.

사라

노숙을 하는 여성은 혼자 생활하지 않는다. 밤의 노숙이 그만큼 위험하기 때문이다. 동료를 구하지 못한 경우에는 밤새 걷는다. 알제리에서 온 바르베스역의 성매매 여성들, 샤토 루즈의 콩고 출신 성매매 여성들, 그리고 벨빌의 중국인 성매매 여성들처럼 파리의 거리를 배회한다.

거리의 위험에서 여성이 스스로를 지키는 유일한 방법은 보호자를 구하는 것이다. 남편 될 사람의 지참금, 텐트, 개, 장기 비소득자를 위한 정부 보조금은 종종 커플을 이루는 주요소가 된다. 모두 생존을 위해 필요한 것들이다.

이때 운이 좋으면 좋은 남자를 만난다. 드물지만 때로는 서로 사랑에 빠지기도 한다. 이런 경우, 두 사람의 관계는 노부부를 제외하고 비밀에 부쳐진다. 거리에서는 사랑이 나약함의 고백과 다름없기 때문이다. 사랑에 빠진 남자는 자기가 사랑하는 여자를 지키려 한다. 그리고 이 마음이 종종 위험을 초래한다. 비밀이 누설될 경우 약점이 되어 공격의 대상이 될 때도 많다.

노숙을 하는 여성이 자신의 안전을 책임지는 가장 이상적인 방법은 관할 구역 경찰관의 보호를 받는 것이다. 이런 경우는 생각보다 흔하다. 동정이 정이 되어 여자를 보호하게 되는 것이다. 생트마르트 광장에서 가끔 마주치는 사복 경찰관이 여기에 해당한다. 그의 목적은 우리가 아니라 사라의 안전이다.

언젠가 사라가 만취한 적이 있다. 평상시 그녀는 술을 거의 마시지 않는다. 그러나 한번 입을 대면 끝장을 보는 성격이다. 이날 경찰관은 자기가 보호하는 여자가 비틀거리며 탑을 기어오르는 광경을 목격했다. 그에게는 처음이었지만, 가끔 술 취한 사라를 본 우리에게는 흔한 장면이었다.

경찰관은 우리가 사라에게 마약을 먹인 줄 알고 노발대발했다. 그리고 이런 짓을 벌인 죄인을 잡아서 책임을 묻겠다고 했다. 가장 먼저 날벼락을 맞은 사람은 당연 라피크였다. 그러나 라피크도 가만히 있지만은 않았다. 자기는 그렇게 좋은 것을 남기고 나누는 사람이 절대 아니라며, 강력하게 반발한 것이다. 결국 그는 경찰관을 설득하는 데 성공했고, 사라의 보호자는 라피크의 말에 내심 마음이 놓인 듯했다. 하지만 샌드위치를 다 먹고도 30분이나 더 벤치에 앉아 있었다. 자기가 옆에 있으며 지켜보고 있음을 우리에게 인식시키기 위해서였다.

나 또한 사라를 주시하고 있다. 그녀가 내 도움을 받아주면 도울 수 있다는 사실에 더없이 기쁘다. 그러므로 그녀가 위험에 처한다고 해도 우리 탓은 아니다. 더욱이 사라는 어느새 어엿한 노숙인이 되었다. 거리에서 보낸 10년이라는 세월이 그녀에게 준 선물이었다.

한번은 사라에게 기숙사를 구해준 적이 있다. 겨울이 시작될 무렵이었다. 하지만 사라는 며칠 만에 기숙사를 나와야 했다. 매일 밤 찾아와서 문을 두드리는 전 남편 때문이었다. 망할 놈의 늙은이였다. 야간 당직자의 눈 밖에 나서 더는 건물 안으로 들어오지 못하자, 그는 친구들을 보내 열쇠 구멍에 대고 인신공격을 퍼붓게 했다. 견디다 못한 사라는 결국 기숙사에서 나왔고, 사태를 수습하기 위해 내가 이리저리 전화를 거는 일주일 동안 내 옆에서 잠을 청했다. 평범한 여자의 일생도 쉽지만은 않다. 그러나 끝없이 공격받는 노숙인 여성과는 비교가 되지 않는다.

언젠가 네트워크를 통해 니키타 벨루치와 연락이 닿은 적이 있다. 그녀는 10구에 사는 노배우로 열세 살에 이미 많은 남성에게 강간과 살인 협박을 받았다. 이후에도 그녀는 차마 입에 담을 수 없는 다른 많은 일을 겪었다. 그녀가 거리에서 생활했다면 어땠을까? 상상만으로도 소름이 돋는다.

사라의 첫 남편은 그녀가 보는 앞에서 살해당했다. 이유는 단순했다. 모욕죄. 그 이후로 그녀는 무서운 게 없다. 싸움도 잘한다. 그래도 걱정이 된다. 사라는 자기가 생각하는 만큼 강하지 않다.

이것을 입증할 예는 많다. 어느 해 사라는 밸런타인데이에 시퍼렇게 멍든 눈두덩을 하고 내 앞에 나타났다. 다른 어느 날은 유리병에 머리를 얻어맞고, 정수리에서 귀까지 피부 봉합 수술을 받은 상태였다.

'다음엔 어떤 일이 벌어질까?'

∽

매년 겨울, 여성 노숙인이 사라진다. 지난 화요일에도 라파예트에서 노숙 중이던 여성이 사망했다. 그것도 그렇게나 아름다운 동네 한가운데서! 12월 스트라스부르에서도 집 없이 떠돌던 여성이 동사했다. 사체 부검인은 그녀의 죽음을 '자연사'라고 기재했다.

'자연사'라니, 44살에! 말도 안 되는 것 같지만, 노숙인의 평균 수명이 40대 중반임을 감안하면 틀린 것도 아니다.

1880년대 프랑스인의 평균 수명은 45세였다.

진화의 종말이자, 거대한 퇴보다.

이것이 바로 거리다.

끼니

나는 휴대폰만 충전하면 아무래도 좋았다. 충전 속도는 느렸지만, 덕분에 버스 정류장의 비바람막이 시설에 앉아 편히 쉬었다. 46번 버스를 기다리던 중년 부인에게 내가 살아온 인생 여정을 한 토막 들려주기도 했다. 혼자 남은 후에는 다음 버스를 기다렸다. 그러다가 따분해지면 눈에 파묻히는 보행자들, 진창에서 미끄러지는 자동차, 스쿠터를 구경하며 지루함을 내쫓았다. 눈이 조금 내렸다고 파리 시내가 온통 마비되었다.

나는 휴대폰 전원을 켰다. 벌써 오후 다섯 시다. 믿어지지 않는다. 하루가 대체 어디로 사라진 걸까? 오늘은 거의 보이지 않았던 해가 저물고 있다. 곧 밤이 올 신호다. 졸음이 오면 눈을 붙이러 가겠지만 잠이 올 것 같지도 않고, 괜한 생각을 하느니 한두 개의 희망을 잡는 편이 나을 것 같다.

　나는 다시 생트마르트 광장으로, 담장에 앉은 친구들 곁으로 되돌아갔다. 그런데 아무도 없었다. 선교회의 진초록 덧창이 바람에 흔들릴 뿐이었다. 그제야 나는 친구들을 만날 생각을 접고 은신처로 향했다.

　나는 밤이 오기 전에 맥주 한 잔을 하고, 간단히 요기를 할 생각이었다. 목이 마르거나 허기가 진 것은 아니었다. 다행히 문을 연 레바논 식당이 보였다. 식당 주인이 들어오라는 신호를 보내왔다. 평상시에는 오래 있을 수 없지만, 오늘은 실내가 텅 빈 관계로 마음껏 쉬다 가라는 말도 했다. 내가 먹을 음식이 기름에 튀겨지는 사이, 나는 그와 가볍게 잡담을 나누었다. 나는 그에게 얼마 전 라디오에서 들은 이야기를 들려주었다. 몽포콩 교수대가 있던 자리에 이 식당이 세워졌다. 이곳에서 하루에 약 30여 명의 사람이 형장의 이슬로 사라졌다. 가난한 사람은 1층에서, 특권층은 2층에서 교수형을 당했다. 이야기를 마치며 나는 식당 주인에게 손님을 잃고 싶지 않다면, 이 사실을 절대로 누설하면 안 된다고 강조했다. 내 말을 듣고 그는 샌드위치를 내오다 말고 박장대소했다.

　나는 구석에 앉아서 다운받은 방송의 나머지를 들으며 천천히 음식을 씹었다.

　배낭을 내려놓고 의자에 앉으니 정말 편안했다. 몸도 따뜻해지고 어깨의 긴장도 풀렸다. 기분도 한결 나아졌다.

∽

　파리에는 지역별로 노숙인을 돕는 식당과 상점이 있다. 유리문에 둥근 표식이 붙은 곳이 바로 그런 장소다. 동그라미 표시는 '노숙인의 출입과 식사를 허용한다'는 뜻을 가진 일종의 로고다. 노숙인들은 이 표시를 보고 입장이 가능한 곳과 불가능한 곳을 구분한다. 산티아고 데 콤포스텔라 순례길에도 비슷한 방식으로 작은 그림들이 그려져 있다.

　이러한 표식은 과거에도 존재했다. 여행가와 빈곤층, 방랑자 사이에서 통용되던 암호가 그것이었다. 당시만 해도 이 암호는 유럽 전역에 걸쳐 유행했고, 잭 런던°의 나라인 미국까지 건너갔다. 이것은 방랑자와 떠돌이 일꾼, 무전 여행자처럼 농장에서 허드렛일로 생계를 잇는 유랑민 모두에게 암호화된 언어였다. 이들은 다시 길을 떠나기 전에 다음 사람을 위해

°　　Jack London(1876~1916), 미국 소설가. 대표작으로 《황야의 절규 The Call of the Wild》 《바다의 이리 The Sea-Wolf》가 있다.

울타리 안쪽에 짧은 글과 백묵으로 그린 그림, 칼로 새긴 기호를 남겼다.

주의할 것, 농장주가 꼰대임, 좋은 곳임, 통제가 심함, 은퇴한 경찰관 등 기호를 사용해 표현하지 못할 말은 없었다. 알파벳 T는 계속해서 길을 가라는 뜻이었고, 왼쪽으로 기울어지거나 오른쪽으로 뻗친 T는 가능한 한 빨리 도망치라는 뜻이었으며, 바게트 그림은 음식을, 눈을 감고 웃는 남자는 샌님을, 커다란 고양이는 마음씨 좋은 안주인을 의미했다.

미국에는 이런 표식이 아직 남아 현대 문화에 녹아든 것 같다. 채식주의자, 육식류 조심, 와이파이 무상 공급 등이 그것이다. 프랑스와는 사뭇 다른 모습이다. 우리에게는 이제 암호화된 언어가 없다. 대신 《미슐랭 가이드Michelin Guide》와 《도시 한복판에서 살아남기 위한 안내서Guide de survie en milieu urbain》가 매년 재판되어 관련 업체에 배부된다.

미슐랭 가이드는 매해 새로운 평가단을 개신교 선교회로 보낸다. 하지만 이들의 논평은 음식이 아닌 운영 시간과 서비스에 집중되어 있다. 안타까운 일이다. 내가 그들이라면 개신교 선교회에 별을 두 개 주었을 것 같다. 가톨릭 선교회보다 음식이 맛있기 때문이다. 가톨릭 수녀님들은 별 하나를 받을 자격이 있다. 친절하기 때문이다. 이런 말을 해도 될지 모르겠지만, 가톨릭 수녀님들은 요리에 큰 재주가 없는 것 같다. 가톨릭 선교회에서는 가정식 음식이 많이 나온다. 순무 샐러드, 부용 퀴브°를 넣은 밀죽, 생과일이나 설탕에 졸인 과일이 대표적인 가톨릭 선교회의 음식은 건강에 좋지만, 맛이 단조롭다.

나는 가톨릭 선교회에는 잘 가지 않는다. 건강에 좋은 것도 남용은 금물이다. 그럼에도 혹한이 찾아오면 가톨릭 선교회는 무단으로 들어앉는 노숙인으로 붐빈다. 수녀님들이 이들을 위해 준비하는 음식은 쌀에 연유를 부어 지은 밥이다. 아침까지도 배가 꺼지지 않을 만큼 든든한 음식이다.

파리의 노숙인들은 끼니 걱정이 없다. 원하면 하루에 열 끼도 먹을 수 있다. 사회단체, 선교회, 동네 상점, 친절한 선술집, 쓰레기 수거차, 파장을 앞둔 시장 덕분이다.

간혹 배가 고프다고 쓴 팻말을 들고 구걸을 하는 노숙인이 있기는 하다. 하지만 이들은 모두 거짓말쟁이거나 요령이 좋은 사람들이다.

슬프지만 현실이 그렇다.

°   육류, 가금류, 야채 등을 우려낸 스톡을 응축시켜 정사각형으로 자른 것.

잠자리

크리스티앙 파쥬 왕이 잠자리에 들 시간이다. 베르사유에서 태어났으니 나도 왕이라고 할 수 있다.

　나는 잘 때 옷을 벗지 않는다. 오히려 더 껴입는다. 언덕 위에 깐 침낭 속 온도가 밤사이 올라가면, 그제야 껴입은 옷을 벗는다.

　새벽에 요의를 느끼고 침낭 밖으로 나갈 때 느끼는 온도 차는 상상을 초월한다. 영혼이 가출을 결심할 정도로 충격적이다.

　잠자리 준비는 언제나 같다. 먼저 노르망디산 자갈을 고르게 펴서 노숙 전용 매트리스를 만든다. 1990년대에도 노숙인 선배들은 이렇게 기초를 다졌다. 우리가 사용하는 매트리스는 2000년대의 스프링 매트리스나, 최근 어디서나 보이기 시작한 탄탄한 매트리스와는 아무 연관이 없다. 뷔트쇼몽의 철책보다 훨씬 딱딱하다. 그래서 나는 가끔 풀밭으로 자러 가고 싶어진다. 내가 사용하는 매트리스는 콘크리트 위에 깔린 자갈이 전부다. 설마 저런 데서 잘까 싶기도 하겠지만, 노숙인들은 진짜로 이런 데서 잔다.

여느 밤처럼, 오늘도 나는 노르망디의 해변에서 온 자갈 위에서 보다 편히 잠들기 위해 손수 고안해낸 발명품을 꺼낸다. 먼저 골판지를 펼치고, 그 위에 이불 두 개를 깐 다음, 맨 마지막으로 여름용 침낭을 편다. 이렇게만 해도 두께가 상당하다. 그래도 등을 찌르는 자갈이 여전히 느껴지지만, 관타나모의 지린내 나는 비닐 매트리스보다는 낫다.

가끔 침대가 그리워질 때도 있다. 그것도 깃털처럼 가볍고 푹신한 공주님 침대가! 그러나 지금의 나에게는 모두 헛된 꿈일 뿐이다.

내게 시급한 것은 침대가 아니다. 이따금 집에서 재워주는 지인 덕분에 호사를 누리는 날도 있다. 그러니 침대는 부차적인 문제이고, 환상은 환상일 뿐이다.

거리에서 생활을 하는 동안, 신발과 양말은 잠들기 직전에 벗고, 침낭을 열어놓고 자는 버릇이 생겼다. 각각 보온과 통풍을 위한 것이기도 하지만, 이러면 잠든 틈을 타 찾아온 불청객에게 재빨리 발차기를 날릴 수 있다.

이제 왕은 잠자리에 들었다. 그러니 짐이 조용히 잘 수 있도록 모두 불을 끄고 물러가라. 나는 대마를 넣어 담배를 만다. 그러지 않으면 잠이 오지 않는다. 담배에 불을 붙이고, 동시에 휴대용 손전등을 켠다. 그리고 뷔트쇼몽에게 책을 읽어준다. 마침 뷔트쇼몽을 배경으로 한《베르농 수부텍스Vernon Subutex》 2권을 읽던 중이다.

주인공은 공원과 연결된 짧은 터널에서 생활을 하는 노숙인이다. 등장인물들은 그를 찾아 터널 안을 수색한다. 하지만 아무도 그를 찾지 못한다. 나도 그랬다. 밤낮으로 베르농을 찾아봤지만, 베르농은 고사하고 개미 한 마리도 발견하지 못했다. 작년만 해도 몇몇 이주 노동자가 이 터널 안에서 생활을 했다. 그런데 지금은 모두 떠나고 없다.

독서는 첫 번째 장을 지나 두 번째, 세 번째 장으로 이어졌다. 담배를 피우며 페이지를 넘기는 사이, 몸이 따뜻해지고 눈꺼풀이 무거워졌다. 그러더니 마침내 들고 있던 책이 손에서 떨어졌다.

은신처 찾기

줄리엣 도뒤 거리를 올라 비크 다지르 거리에 이르면 길모퉁이에 구직 센터가 보인다. 센터 옆 골목은 예전에 내가 잠시 머물던 곳으로 많은 추억이 깃들어 있다.

지금은 다른 노숙인이 이곳을 사수했다. 그는 매트리스에 방수포를 붙잡아 매고, 길섶을 따라 궤짝을 길게 쌓아 벽을 만들었다. 제법 그럴싸한 집이다. 아무래도 내게 이곳을 다시 넘겨줄 의향이 없어 보인다.

그의 점령이 있기 전, 이곳은 아름다웠다. 바람에서 자유로웠고, 생트마르트 광장 바로 옆이라는 장점도 있었다. 아침이면 센터 직원들이 내가 철수하기 전에 커피를 가져다주었고, 이따금 나심이 찾아와서 식사를 하러 가기 전에 한 바퀴 휘

돌고 가자고 권하기도 했다. 추억할 것이 많은 아름다운 시절이었다.

그러나 노숙인의 세계에는 노숙인만의 규칙이 있다. 그중하나는 거리가 모두의 소유라는 것이다. 나는 며칠 동안 그가내게서 센터 옆 자리를 빼앗는 과정을 묵묵히 지켜보았다. 그리고 포기했다. 나로서는 유감스러운 일이었지만 어쩔 수 없었다. 다른 은신처를 찾을 때가 온 것뿐이니까.

∽

밤이 되면 라 빌레트 대로는 쥐로 들끓는다. 인파로 북적이던 낮과는 판이하게 다른 모습이다. 그렇다고 한낮의 라 빌레트가 밤보다 덜 위험하다는 것은 아니다. 한낮의 라 빌레트는리들Lidl° 마트 앞이 특히 위험하다. 마트 앞에 죽치고 앉아서인사불성이 될 때까지 독주를 들이키는 놈들 탓이다. 그들은지나가는 사람들에게 시비를 걸지는 않는다. 이들의 표적은오직 우리, 노숙인뿐이다.

한번은 녀석들이 나심의 얼굴을 박살낸 적이 있다. 이때 위

○   독일의 식품 잡화 체인점.

114

험에 처한 나심을 사라가 구했다. 그녀는 자전거를 타고 지나가던 경찰 둘을 불러 세우고 싸움을 말려달라고 요청했다. 경찰들은 사라 앞에서는 절대로 잔머리를 굴리지 않는다. 연병장의 군인처럼 돌진할 뿐이다.

사라가 나를 구한 적도 있다. 그녀가 내 은신처에서 잠을 잔 날이었다. 새벽 두 시경, 경찰이 우리를 깨웠다. 정신을 차리는 사이, 화가 난 경찰이 꾸물거린다며 신발로 내 등을 걷어찼다. 그러던 그가 내 옆을 보더니 갑자기 목소리 톤을 싹 바꾸고 말했다.

"사라?"

"그래, 나야. 그런데 대체 누군데 그래?"

사라가 짜증을 내며 대답했다.

"미안, 누군지 몰랐어. 레몽이야."

"레몽? 뭐하는 짓이야? 무서웠잖아. 여기서 뭐 하는 거지?"

"그건 내가 묻고 싶은 말인데. 거리로 돌아온 거야?"

"어떻게 생각해?"

경찰은 사과를 하고 돌아갔다. 그 또한 거리의 여성들을 동정하다가 보호하게 된 경찰이었다. 레몽을 보낸 사람은 집주인들 중 한 사람이었다. 나는 그 사람이 누구인지 알고 있었다. 같은 사람이 매일 밤 경찰을 불렀기 때문이었다. 그녀는 경찰을 움직이는 확실한 방법을 알고 있었다. 그것은 바로 나를 '수상한 짐꾸러미'라고 신고하는 것이었다. 이 매력적인 이웃이 언젠가 한번 내게 말을 건넨 적이 있었다. 활짝 웃으며 내가 깔고 자던 자갈을 치우고, 쇠꼬챙이가 달린 철책을 설치하겠다고 엄포를 놓던 날이었다.

어느 노부인이 쥐를 끌어들인다며 나심을 고소했을 때, "아줌마, 해볼 테면 해봐"라고 따지던 그처럼 따끔하게 한마디 해주고 싶었지만, 나는 신사답게 장비를 접어 조용히 자리를 떴다.

나는 우리 모두에게 주어진 시간이 한정되어 있음을 안다. 장소도 마찬가지다. 삶도 사람과의 관계도 그렇다. 여하튼, 그녀는 기어코 다른 집주인들을 설득했고, 어느 아침 관리인이 불편한 기색으로 내게 말했다. 내가 잠을 자던 곳의 자갈이 곧 없어지고, 철책은 아니지만 화분이 놓일 것이라고. 섭섭하기는 했지만, 관리인이 먼저 알려준 덕에 나는 미리 다른 은신처를 물색할 수 있었다.

최근에 은신처를 옮길 때에는 사정이 조금 달랐다. 아무 예고도 없이 내가 자리를 비운 낮 시간을 이용해 유리문을 설치한 것이다. 그 바람에 나는 잠을 자러 갔다가 갑자기 은신처를 잃고 밤새 거리를 떠돌았다.

아름다운 별을 보며   3
잠드는 것

∞

나는 거리에서 먹고 잔다.
이런 내가 어떻게
다른 생명을 책임질 수 있겠는가?
다른 누군가를 보살피려면
자기 삶을 먼저 챙겨야 한다.

세 얼간이의 여행

1996년 어느 아침, 드라공에서 친구와 커피를 마시던 때였다. 드라공은 DAL(주거권 연합)°의 투사들과 함께 근래 문을 연 스쿼트였다.

친구의 이름은 다비드로 나와 동갑이었다. 우리는 죽이 잘 맞았다. 인생은 이런 그와 나를 훗날 형제로 만들었다. 다비드와 나는 주거권을 주제로 조만간 개최될 유엔 해비타트°°

°   Droit Au Logement의 약자. 1990년 창설된 프랑스의 단체로 주거 취약층을 위해 만들어졌다.

°°   사회적·환경적으로 지속가능한 도시의 설립과 인류에게 적합한 쉼터의 제공을 목적으로 설립된 유엔 산하 기구.

회의에 참석하고 싶어서 잔뜩 몸이 달아 있었다. 우리는 커피를 마시며 자전거를 타고 이스탄불까지 갈 계획을 세웠다. 무슨 일이 생겨도 포기하지 말자는 맹세도 했다. 처음에는 이런 우리를 모두가 조롱했다. 비꼬는 사람도 많았다.

그들의 조언처럼 우리는 분명 뜬구름을 잡고 있었다. 그만큼 상황은 절망적이었고, 우리는 절실했다. 사실 우리에게는 이스탄불은 고사하고 파리를 벗어날 방도도 없었다. 이런 와중에 여행에 동참할 세 번째 친구가 나타났다. 드라공에 기거하던 남자였다. 그는 경기에 출전해 메달을 받은 적은 없지만, 훌륭한 자전거 선수였다. 이것을 계기로 우리는 본격적으로 여행 준비에 돌입했다.

당연한 일이겠지만, 세 얼간이의 여행에 돈을 대겠다는 사람은 아무도 없었다. 적어도 스쿼트로 전화 한 통이 걸려오기 전까지는. 아, 정확히 말하면 전화가 걸려온 곳은 스쿼트가 아닌 드라공 거리의 공중전화 박스였다. 그날 전화선 너머로 들려오던 피에르 신부님°의 목소리를 나는 똑똑히 기억한다. 피에르 신부님은 우리가 보낸 엽서를 받고 감동했다며 지원을

○   Abbé Pierre(1912~2007), 본명 Henri Groués. 평생 빈민 운동에 헌신한 프랑스의 성직자로 엠마우스를 설립하였으며, 2000년 레지옹 도뇌르 훈장을 받았다.

약속했다. 그리고 은퇴 후 신부님이 기거하시던 르네 코티 거리의 수도원 주소를 알려주셨다.

∽

여행은 23일간 지속되었다. 우리는 파리에서 출발해 기차를 타고 알프스를 지나 토리노까지 간 다음, 곧바로 남쪽을 향해 내려갔다. 그리고 브린디시에서 파트라스로 가는 배에 올랐다. 당시 그리스는 경제가 어려웠다. 군사 정권 이후 나라 꼴도 황폐해져서 여행 내내 우리는 파란 하늘 아래에서 구멍 뚫린 도로와 진창길에 맞서 씨름을 해야 했다. 죽을 고비도 천 번은 넘겼다.

이스탄불까지 150킬로미터를 남겨놓고, 우리 일행은 테키르다주의 한 오지에서 길을 잃었다. 지도에도 표시되지 않는 곳이었다. 우리에게는 돈도, 마실 물도, 먹을 음식도 남아 있지 않았다. 그때 우연히 우리 나이 또래의 한 남자와 마주쳤다. 그는 우리처럼 자전거를 굉장히 좋아했지만, 이스탄불 병원의 인턴으로 우리와는 전혀 다른 삶을 살고 있었다. 한마디로 그는 엘리트였고, 사촌의 생일 파티에 참석하기 위해 시골로 온 것이었다. 친구들과 내가 집 안으로 들어서자, 그의 어머니는 요리를 하다가 말고 우리를 저녁 식사에 초대했다. 푸

짐하게 저녁을 얻어먹은 다음, 우리는 비어 있던 고아원의 교사용 기숙사에서 밤을 지냈다.

이튿날 아침은 엄청나게 명랑한 사람들 사이에서 카흐베시°를 홀짝이며 시작되었다. 아침 식사는 즐거운 비명과 함께 서로에게 빵 부스러기를 던지며 시작되었고, 식사를 마친 뒤에는 기억에 남을 만한 축구 경기가 시작되었다. 시합에 참가한 선수는 40여 명 정도로, 경기는 하루 종일 계속되었다. 떠나기 싫어질 만큼 행복한 시간이었다.

며칠 뒤, 우리는 팡파르를 울리며 이스탄불에 도착했다. 그리고 프랑스 영사관에서 대사급 대접을 받았다. 그런데 아뿔싸! 파리로 돌아갈 여비가 600프랑 정도 부족했다. 이 사실을 알고 턱시도 차림의 초대객들이 즉석에서 모자를 돌렸다. 결과는 놀라웠다. 필요한 여비보다 훨씬 많은 돈이 모금된 것이다.

신이 난 우리는 광장으로 달려가 세인트소피, 파란 사원 등 늦은 시각까지 문을 연 선술집을 돌아다니며 갈지자로 갈라

ㅇ   터키식 커피.

타 다리를 건넜다. 광장 끝의 마지막 바 문을 열고 안으로 들어갔을 때에는 스위스 축구팀이 영국과의 경기에서 동점을 이룬 직후였다. 골을 넣은 쿠빌라이 튀르킬마즈는 이스탄불에서 태어나 자란 선수였다. 생각보다 조용한 바의 분위기에 나는 "쿠빌라이" 하고 외쳤다. 그러자 바의 분위기가 순식간에 용광로처럼 달아올랐다. 모두가 하나가 되어 쿠빌라이를 응원하던 순간이었다.

악취

등이 욱신거리고 머리가 아프다. 잠을 설쳤지만 추위 때문은 아니다. 모든 것이 엉망진창이다. 어제 술을 많이 마신 것도 아니고 담배를 많이 피우지도 않았다. 그런데 목이 답답하고 머릿속이 불기둥으로 매질을 당하는 것처럼 아프다.

몸을 일으키던 나는 그대로 다시 바닥에 쓰러졌다. 목덜미로 식은땀이 흘렀고 참을 수 없이 더웠다.

열을 식히기 위해 침낭을 제치자 머릿속에 든 몽둥이가 더세게 요동쳤다. 나는 간신히 기어 벽에 등을 대고 앉았다. 티티새의 노래는 보통 작은 까마귀의 노래를 능가한다. 여름과 겨울 모두 그렇다. 그런데 오늘은 귓속이 윙윙댈 뿐, 티티새의 노랫소리가 들리지 않는다.

나는 가방에서 물병을 꺼내 아스피린 두 알을 삼켰다. 그리고 가만히 앉아 눈을 감고 심호흡을 했다. 갑자기 구역질이 올라왔다. 일이십 분이 지난 뒤에야 간신히 정신이 들었다.

파도가 물러가고 몸이 조금 가뿐해지자, 나는 소지품을 챙겨 길모퉁이를 나섰다. 다리가 무겁고 바닥이 등을 잡아끄는 것 같았지만, 나는 배낭을 메고 걷기 시작했다.

∞

어느 날 저녁, 나는 주차장 입구에서 한 소년과 마주쳤다. 각진 안경에, 밝은 빛깔의 머리카락, 수염이 돋지 않은 뺨은 그가 엄마의 치마폭에서 갓 벗어났음을 말해주고 있었다. 그가 든 팻말에는 '인슐린을 사기 위해'라는 문구가 적혀 있었다. 그것을 보고 나는 소년이 오래 버티지 못할 거라고 생각했다. 당뇨를 앓는 당사자가 소년인지 소년의 어머니인지 모르겠지만, 거리에서는 질병뿐 아니라 유전적 요인도 생명과 직결된다. 집이 없는 여성은 따뜻한 집에서 사는 그녀의 할머니보다 암에 걸릴 확률이 높고, 병의 진행도 빠르다. 남자도 마찬가지다. 나는 의사가 아니다. 하지만 삶의 방식이 건강을 좌우한다는 것쯤은 안다. 이것은 신도 아는 사실이다.

거리에서는 경미한 감기 증상도 종종 악몽이 된다. 그래서 주의를 기울이고, 건강에 위협이 되는 상황을 피해야 한다. 누군가의 간호는 꿈도 못 꾼다. 노숙인들은 감기처럼 작은 질병도 빠른 속도로 악화될 수 있음을 안다. 그래서 우리는 증상이 나타나자마자 선교회로 달려가 자애로운 의사 선생님에게 무상으로 약을 공급받는다.

거리에서 증세가 악화되는 병은 셀 수 없이 많다. 여기에는 옴, 파상풍, 티푸스, 콜레라처럼 백 년 전에 사라졌다고 알려진 질병들도 포함된다. 특히 파상풍은 중세처럼 만연하다. 이것이 노숙인들이 작은 상처에도 세심한 주의를 기울이고, 내가 양말을 신은 채 샤워를 하는 이유다. 이렇게 하면 발을 보호할 수 있을뿐더러 목욕과 세탁이 동시에 되니 일석삼조다.

언젠가 한 번은 다친 발가락 색이 변한 적이 있다. 응급실에 갈 상황이었지만 망설여졌다. 비지피라트 발령 이후 병원을 기피하는 버릇이 생겨서였다. 생각해보라, 출입구에서 두 시간 동안 샅샅이 배낭 검문을 당한 뒤에도, 치료를 받을 수 있을지 확실하지 않다면 기분이 어떨지!

일반인도 그렇겠지만, 노숙인들은 특히 병원을 싫어한다. 가장 힘든 것은 의사의 소견을 들어야 한다는 것이다. 거리에서 보낸 세월이 종합적으로 평가되는 동안 받아야 하는 의사의 냉담한 시선과 취조는 견디기 힘들다. 타인에게 살날이 얼마 남지 않았다는 말도 듣고 싶지 않다. 집 없이 거리를 전전하는 노숙인의 몸이 집이 있는 사람보다 훨씬 빨리 망가진다는 사실을 우리도 잘 안다. 열두 살짜리도 아는 것을 우리라고 왜 모르겠는가? 이 정도의 앎은 대학 입학시험에 합격해야만 얻을 수 있는 것은 아니다.

노숙인들이 병원과 작별하는 또 다른 이유는 수치심 때문이다. 건강한 신체에 깨끗한 가운을 걸친 의사 앞에서 노숙인 신분으로 더러운 옷가지를 벗다 보면 굴욕감이 느껴진다. 관리를 소홀히 한 몸을 자랑스러워하는 사람은 이 세상에 아무도 없다. 이런 이유로 노숙인 대부분은 의사와 마주하기를 꺼려한다.

노숙인에게 자기 관리는 세상에서 가장 어렵다. 신체가 영혼을 보호하는 유일한 무기임을 알지만, 몸이 몸 같지 않으면 자괴감이 든다. 그러다가 결국에는 관리를 소홀히 하고, 몸을 방치해 썩힌다.

오만인지 자기혐오인지는 모르지만, 거리 생활이 오래될수록 몸을 잘 씻지 않게 된다. 양말을 이틀 연거푸 신거나, 후미진 골목의 중국인 상점에서 더 이상 치약을 구입하지 않을 때도 많다.

이후에는 악순환이 거듭된다. 최악의 사태가 벌어지지 않으려면 매복을 하고 있다가 원인을 잡아내야 한다. 길바닥 생활에서 나락으로 떨어지는 첫 번째 징후는 냄새다. 악취는 인간을 고립시키는 최고의 요인이다. 나도 가급적이면 향기로울 수 있도록 노력하지만, 입 냄새는 양치질로도 없애기 힘들다.

나는 산에서 뛰어놀던 어린 시절과 이전의 직업 덕분에 운 좋게도 건강한 신체적 조건을 갖게 되었다. 소믈리에는 근무 시간 내내 앉지 않는다. 하루 종일 계단을 오르내리며 지하 와인 창고를 들락거리다가 보면 앉을 새가 없다. 담배를 피우지만 산을 탄 덕분에 아직은 폐활량이 좋아 호흡도 정상이다. 대신 배 쪽이 문제다. 나는 밤마다 복통에 잠이 잘 깬다. 그래서 언제나 두루마리 화장지를 배낭에 넣고 다닌다. 또한 밤새 문을 닫지 않거나 밤 10시까지는 문을 잠그지 않는 무료 공중 화장실 근처에 잠자리를 만든다. 국립행정학교 출신 관료가 노숙인은 밤에 소변이 마려우면 안 된다고 정한 건지는 모르지만, 깨끗한 곳에서 편안하게 용변을 볼 보편적 권리는 프랑스 인권 선언문에 기재되어야 한다.

아침 식사 전, 나심이 담장 위에서 위스키에 달려드는 모습을 보고, 나는 그가 악몽과도 같은 밤을 보냈다는 사실을 알았다. 누군가 잠자는 그를 공격한 것이다. 실제로 그는 밤새 치료를 포기한 전립선과 싸웠다.

애타게 기다려온 욕실 문이 열렸지만, 나심은 안으로 들어가지 못하고 머뭇거렸다. 그의 몸과 마음은 따로 놀며 대립 중이었다. 선교회 문을 지날 때에는 몸에서 나는 악취가 창피해서 알도를 똑바로 쳐다보지도 못했다.

그날 밤, 나심은 지쳐 쓰러질 때까지 유령처럼 거리를 떠돌아다녔다. 누군가가 자기와 자기에게 남은 희망을 함께 묻어주기를 소망했다. 그리고 무생물이 되어 길바닥에 버려지기를 바랐다.

아들과 꿈

오늘은 기분이 안 좋다. 이유를 모르겠다. 나심이 보고 싶어서일까? 그럴지도 모르겠다. 나심은 한 달째 감옥에서 흰 옷을 뒤집어쓴 사람들에 둘러싸여 있다. 알코올 중독에서 해방되기 위해 최후의 결단을 내린 것이다. 입원을 결정하며 그는 이번에도 실패하면 영원히 치료를 받지 않겠다고 선언했다.

그가 그립기는 하다. 하지만 다른 무언가가 더 있다. 오늘 아침의 공허감은 보다 깊은 곳에서 연유한다. 머리와 가슴에 커다란 구멍이 시커멓게 뚫려서 그 사이로 바람이 드나드는 것 같다.

나는 천천히 걸으며, 기분을 전환할 겸 휴대폰 전원을 켰다. 비밀번호를 누르던 순간, 원인 모를 공허감의 정체가 드러났다. 이제야 알겠다.

나는 깨진 휴대폰 액정 너머로 그를 바라보았다. 그도 스크린 뒤에서 나를 바라보았다. 이제는 몇 장 남지 않은 아들 사진이다. 사진 속 아이는 열두 살이고, 잔뜩 헝클어진 머리에 흰 티셔츠를 입고 있다. 눈동자는 엄마를 닮아서 파랗다.

아들의 얼굴 위로 날짜와 시간이 떠 있다. 오늘은 아들의 생일이다. 잠시 후면 나와 멀리 떨어진 곳에서 녀석의 15번째 생일잔치가 벌어질 것이다.

나는 휴대폰을 호주머니에 넣으려다가 다시 꺼내 들었다. 아들에게 전화를 걸기 위해서는 아니었다. 사실 나는 녀석의 전화번호도 모른다. 그러니까 전화를 걸려던 건 정말 아니었다. 나는 화면 위로 손가락을 들어올려 픽셀화된 아들의 얼굴을 어루만졌다. 절망적인 순간에도 녀석이 있어서 버틸 수 있었다. 그가 있기에 행복할 수 있었다.

∽

언젠가 한번, 선교회의 정신과 의사가 내게 말한 적이 있다. "행복이란 어린 시절의 꿈을 어른이 되어 이루는 것"이라고.

나는 어렸을 때 우주 비행사가 되고 싶었고, 스키 챔피언이 되고 싶었다. 사랑하는 여자를 아내로 맞아 가정을 꾸리고 싶었다. 꿈을 꾸며 나는 아내와 함께 늙어가는 내 모습을 상상했다. 할아버지가 되어 무릎에 손자 손녀를 앉히고 토닥이는 모습, 흔들의자 위에서 생을 마감하는 모습을 떠올렸다. 하지만 지금 흔들리는 것은 의자가 아닌 내 인생이다.

아내는 나를 서른 살에 버렸고, 나는 열 살 때 우주 비행사의 꿈을 버렸다. 고도 근시 때문이었다. 열세 살 때는 불의의 사고로 스키 챔피언의 꿈을 접었다. 학교에서 운동 경기장을 견학하던 날이었다. 빌어먹을 투창 하나가 화살처럼 하늘을 가르며 날아오르더니 내 오른쪽 발에 떨어져 박혔다. 마른하늘에 날벼락 같은 일이었다.

사고 이후 나는 복사뼈가 있던 자리에 티타늄 봉을 심었다. 언젠가는 고장이 난다고 수차례 들었는데, 아직은 멀쩡하다. 운이 좋았다. 훌륭한 의사를 만나지 못했더라면, 내 발은 잼처럼 물렁물렁해졌을 것이다. 그가 없었다면 지금 나는 다리를 저는 노숙인이 되었을지 모른다.

어쨌든 무언가가 다시 나를 거리로 이끌었다. 거리는 내가 꿈꾸던 곳은 아니지만 운명이었다. 앞으로 내 앞에 어떤 일들이 기다리고 있을지 모른다. 하지만 거리가 결정해줄 것이다.

뷔트쇼몽 공원에서 가장 높은 언덕인 벨베데르를 오르며 나는 중국 여성들과 마주쳤다. 날이 차지만, 모두 방한용 점퍼를 입고 나와 태극권을 하고 있었다.

나는 그날 아침 처음으로 미소를 지었다.

그러자 기분이 조금 나아졌다.

다른 사람들처럼 나도 잠시 기분이 저하된 것뿐이었다. 이럴 때는 우울함을 떨쳐버리려 노력하기보다는 이해를 구하는 편이 낫다. 뷔트쇼몽 공원은 그러기에 안성맞춤이다. 이곳에는 나의 과거와 현재가 모두 집약되어 있다. 나는 잠시 10년 전으로 되돌아가 아들과 함께 연못가 잔디밭을 뒹구는 광경을 상상했다. 지나치게 오래 과거에 머물지만 않는다면 이런 상상은 기분 전환에 매우 좋다.

벨베데르로 가려면 오솔길을 지나 다리를 건너야 한다. 사람들은 이 다리를 자살 다리라고 부른다. 다리의 원래 이름을 아는 사람은 없다. 이따금 다리 밑에서 자살에 실패한 사람을 발견할 뿐이다. 그런 날이면 나는 다리를 건너다 말고 죽지 못한 사람에게 소리친다.

"이보세요, 당신도 실패했어요? 오늘은 죽을 날이 아닌가

봐요! 날을 잘못 잡았다고요!"

벨베데르에는 자그마한 사원이 하나 있다. 파리의 연인들이 키스를 하러 오는 곳이다. 나는 나만의 신성한 언덕에 올라 한적한 곳에 자리를 잡고 앉는다. 그러면 파리 시내와 햇살 아래 환하게 빛나는 사크레 쾨르 대성당이 한눈에 보인다.

나 같은 사람에게는 사치스럽게 느껴질 정도로, 이곳에서 감상하는 일출은 화려하다. 그러나 숨 막히게 빠르고 거친 이 삶도 언젠가는 끝날 것이다.

나는 바람에 춤추는 나무와 지저귀는 새들을 바라본다. 그리고 나무 아래로 가서 3일 동안 명상에 젖는 생각을 했다. 하지만 그런 날은 아무래도 다음 생에서나 주어질 것 같다.

죽음의 형태

요즘 들어서 전철 밑으로 몸을 던지는 남자들이 자주 보인다. 망설이지 않고 재빨리 몸을 던질 수만 있다면 확실하게 목숨을 끊을 수 있기에, 최근 노숙인 사이에서 유행하는 자살 방법이다. 물론 이 외에도 알려지지 않은 다른 많은 죽음의 방식이 존재한다.

작년에는 스무 살 먹은 청년이 공원에서 나무에 목을 매달았다. 그는 색다른 죽음을 원했고, 자신의 죽음이 널리 알려지기를 바랐다. 충격적인 일이었다. 나는 아직도 그가 왜 스스로 목숨을 끊었는지 이해가 되지 않는다. 자살을 선택한 청년을 비난하는 것은 아니지만, 스무 살이라는 나이는 죽음이 아닌 투쟁에 바쳐져야 한다. 어쨌든 내가 뭐라 할 일이 아니다.

거리에서는 주로 전의를 상실한 노인들이 자살을 선택한다. 죽고는 싶은데 죽을 용기가 없는 노인들은 신체가 주인의 역할을 대신한다. 뇌가 주인을 버려 치매에 걸리고, 회로가 끊기는 자살을 선택하는 것이다.

내게는 일주일 만에 늙어버린 안드레이라는 친구가 있었다. 그를 '있었다'라고 과거형으로 말하는 데에는 그만한 이유가 있다. 한동안 안 보이다가 오랜만에 광장으로 돌아온 그는 몰라보게 달라져 있었다. 그는 유령처럼 선교회 벽에 기대지 않고는 혼자 서지도 못했다. 살아 있는 것 자체가 신기하게 여겨질 정도였다. 안드레이와 같은 숙소에 묵는 사람들은 그가 방에서 나오지 않았으며, 침대 위에서 소변을 보았고, 세면조차 잊었다고 말했다. 그러면서 하루빨리 병원에 데려가지 않으면 비참하게 혼자 죽을 거라고 강조했다.

치매에 걸리기 전, 그는 전기 기사로 일하며 동네 사람들을 적잖이 도왔다. 그랬던 그가 지금은 혼자서는 아무것도 못한다. 의문형으로 내뱉는 '담배?'와 리듬에 맞춰 폴란드어로 반복하는 '젠장' '염병할' 외에는 할 줄 아는 말도 없다. 그가 왜 수많은 단어 중에 이 세 단어만 기억하는지는 나도 잘 모른다. 다만, 안드레이의 머릿속 회로가 한순간에 끊어졌듯, 내게도 같은 일이 일어날 수 있음을 기억할 뿐이다.

∞

폭탄이 터지는 것만 위험한 것은 아니다. 심각한 정신 착란이나 단순한 광기도 물리적 폭발만큼 위험하다. 거리에는 광기에 굴복한 사람이 많다. 병증이 심해 위험성이 인증된 사람들은 진료소와 센터로 가지만, 덜 위험한 사람들은 자포자기 상태로 우리와 함께 살러 오기 때문이다.

예를 들면 아부다비에서 노예로 살다가 장외마권에 중독된 남자가 그렇다. 그는 작년에 심상치 않은 증상으로 병원에 옮겨져서 보름간 치료를 받았다. 이로써 그는 간호를 받을 권리를 획득했지만, 치료 시기가 늦었거나 불충분했는지 지금은 말을 더듬고 어순에 어긋난 문장을 구사한다. 그런 그를 보고 나는 그의 뇌가 훨씬 이전에 망가졌다고 생각했다. 안드레이의 말은 해독이 필요한 암호 같다. 그래서 나는 그에게 '카날+'°라는 별명을 지어주었다. 이후, 그가 고함을 치며 난동을 부리면 리모컨으로 볼륨을 낮추는 상상을 한다. 이때 안드레이를 진정시킬 수 있는 사람은 딱 한 사람밖에 없다. 그는 내 나이 또래의 노숙인으로, 안드레이처럼 광인이다. 그가 자기 세계

○   프랑스 최초의 민영 방송.

137

에 빠져 헤어 나오지 못한 지도 벌써 6개월이 다 되어간다. 안드레이를 진정시킬 때 그가 사용하는 방법은 굉장히 단순하다. 귓속말로 소곤대며 플라타너스를 비롯한 나무 이야기를 들려주는 것이다. 그러면 놀랍게도 카날+는 순한 양처럼 차분해진다.

정상으로 돌아오면, 카날+는 나무 이야기를 해준 남자에게 맥주를 권하고, 담배를 얻어 피운다. 이후 두 사람은 맥주를 홀짝이며 해독 불가능한 서로의 이야기에 귀를 기울인다. 대화는 종종 몇 시간에 걸쳐 지속된다. 이 둘이 상대방의 말을 정말로 이해하는지는 나도 모른다. 하지만 누가 알겠는가. 이 두 광인 사이에 아무도 모르는 가교가 놓였는지를! 확실한 한 가지는 언젠가 나도 그들 사이에 끼어 대화를 나누게 될지도 모른다는 사실이다.

인생이라는 광장에서 우리는 모두 같은 위협을 받는다. 죽어야만 종결되는 위협이 거리로 옮겨질 때, 노숙인이 '위협받을 수 있는' 기간은 짧으면 2년, 평균 5년, 길어야 10년이다. 더 오래 사는 사람은 거의 없다. 이것이 우리를 기다리는 미래다.

로만과 드라공 스퀴트

앞서 언급했듯, 나는 스무 살에 잠시 군에서 생활했고, DAL(주 거권 연합)에 관심이 많았다.

언젠가 한번은 소규모 운동권 단체를 만난 적이 있다. 그들 은 첫눈에 나를 마음에 들어했다. 특히 내가 경찰이나 국회의 원과 협상을 할 때, 유독 말이 많아지는 점을 높이 샀다. 이들 중 누군가는 나를 두고 변증법의 곡예사라는 표현까지 했다. 나는 그 비유가 마음에 들었다. '무주택자 협회'에서 분가한 이 단체는 독신자를 위한 거처 마련에 주력하고 있었고, 나와 손을 잡고 일할 수 있기를 바랐다.

그 시절 나는 로만을 만났다. 그를 보자마자 나는 당시 내 게 필요했던 파리에 관한 모든 정보를 그가 갖고 있다고 생각했다. 나의 예상은 틀리지 않았고, 이후 그는 나의 멘토이자 구루가 되었다. 나는 그가 어디를 가든 그림자처럼 따라다녔다. 무조건적으로 신뢰하기도 했다. 그와 함께 지내는 시간은 나를 단단히 여물게 했고, 나는 그런 그를 친형제보다 더 좋아했다. 하지만 그는 약간 무분별한 사람이기도 했다. 당시 로만은 마흔 살이었고 나는 스무 살이었는데, 앞장서서 엉뚱한 짓을 벌이는 사람은 언제나 그였다. 나는 그런 그의 심오한 바보짓을 전수받은 수제자였다.

내가 로만을 만난 때는 그가 파리로 돌아온 지 몇 해가 지난 뒤였다. 그는 파리에서 굉장히 유명했다. 그는 1980년대에 사령부 대원으로 레바논 전쟁에 뛰어들었다. 이유는 단순했다. 어디까지나 당사자의 설명일 뿐이지만, 헤로인 생산자에게 좀 더 가까이 접근하기 위해서였다. 이후 그는 연이은 동맹 체제로 뜻하지 않게 기독교 팔랑헤당°에 가입해서 4년간 당원으로 활동했다. 그리고 단기간에 팔랑헤당 당원의 수장이 되었다. 그는 귀국을 앞두고 프랑스 당국과 협상을 벌였다. 협상은 상당히 수상쩍은 방향으로 타결되었다. 그가 2킬로그램

°   스페인의 극우 정당.

의 헤로인과 칼라시니코프 자동 소총을 소지한 채 어떤 조사
도 받지 않고 루아시 세관을 통과한 것이다. 소설이 따로 없
었다.

로만은 내게 마약을 거의 권하지 않았다. 스쿼트 내에서 픽
스°를 권유한 적은 있지만, 나는 그의 제안을 받아들이지 않
았다. 정맥 주사를 맞기 싫어서였다. 그 당시 내가 아는 마약
이라고는 대마초와 스위스 고원지대에서 채취한 버섯이 전
부였고, 일명 '별 가루'에 관해서는 아는 것이 전무했다. 나
중에 그가 궐련형 마약을 권했을 때에는 거절하지 않았다.
마약 성분이 연기를 타고 몸속으로 들어가자 코가 따끔거리
며 흥분이 되었지만, 이후 두 번 다시 나는 마약에 손을 대지
않았다.

그와 나는 바보짓이라는 바보짓은 다 하고 다녔다. 특히
아리안 므누슈킨°° 소극장이 불법 체류자들에게 숙소로 건
물을 빌려주었을 때, 카르투슈리에서 보낸 밤은 잊히지 않는
다. 주제에서 벗어난 이야기지만, 극장에서 유숙하던 불법

○   정맥 주사로 투여하는 마약의 일종.
○○   Ariane Mnouchkine(1939~), 프랑스의 연극 연출가로 태양극단을 만들었다.

체류자들은 나중에 생 베르나르의 경찰력 투입으로 추방당했다. 우리처럼 다 큰 어린이를 위한 꿈만 같은 그 공간에서, 로만과 나는 희미한 촛불 아래 잠을 청했다. 그런데 둘 다 곱게 잠이나 잘 인물이 아니었다. 깊은 밤, 모두가 잠들자, 우리는 사감 몰래 금지된 장난을 일삼는 기숙사의 애송이들처럼, 몰래 잠자리를 빠져나왔다. 그리고 갈증을 핑계로 극장에 딸린 식당으로 돌진했다. 문고리에 채워진 맹꽁이자물쇠는 내가 늘 지니고 다니던 주머니칼로 무력화시켰다. 텅 빈 바로 들어서자, 꿈속을 걷는 듯 착각이 일었다. 한밤중에 난데없이 벌어진 이 향연은 침묵 속에서 조용히 치러졌다. 그리고 다음 날, 뗄 수 없는 공범자로, 사람들이 DAL(주거권 연합)에 보안에 대한 책임을 물었다. 그러나 적의는 없었다. 다만 굉장히 바보 같았다. 우리는 보안관 놀이를 조금 즐겼다. 하지만 별로 재미는 없었다는 것을 말해야겠다. 이들이 로만과 나를 데려간 곳도 범인을 궁금해하던 아리안 므누슈킨 앞이었다.

20구 구청을 점령했을 때에도 비슷한 일이 있었다. 로만과 나는 근처 식료품점 계산대에서 우리가 주도한 데모대와 대치 중이던 공안국 보안 기동대와 마주쳤다. 기동대원들은 일행과 마실 '크로넨버그 1664' 맥주를 박스 채 구입하고 있었다. 결과만 말한다면 이렇다. 우리 둘은 보안 기동대의 트럭에서 대원들과 맥주를 나눠 마셨다. 그들은 당시 내무부 장관이었던 샤를 파스콰가 갑자기 인기가 하락한 이유를 들먹이며 시시덕거렸다. 농담의 내용은 '프랑스 경찰 1인자가 구내식당에서 감히 위스키를 마시지 못하게 하는 바람에 마실 것이 파스티스°밖에 남지 않았다' '그건, 아무것도 아니다. 파스콰는 폴 리카르네 집에서 매일 파스티스를 마시며 흥청거린다'는 것이었다. 로만과 나는 그들과 함께 즐거운 시간을 보냈다.

로만은 세상 사람 모두와 형제처럼 친해지는 법을 알고 있었다. 이 중 그가 가장 즐겨 사용한 방법은 대상이 누구든 가리지 않고 마음을 털어놓는 것이었다.

∽

DAL이 새롭게 자리를 잡고 활동할 장소를 물색할 무렵, 사내 몇이 로만과 나에게 자문을 구하러 왔다. 그런데 문제가 있었다. 밥 먹듯 드나드는 거리였지만, 로만과 나는 마땅한

○   아니스 열매를 넣은 알코올 도수가 높은 프랑스의 국민주.

은신처가 생각나지 않아서 막막했다.

하지만 우리에게는 위대한 질이 있었다. 거리에서 생활하는 우리 모두에게 그는 비장의 수, 조커이자 지혜로운 노인이었다. DAL(주거권 연합)의 투사들이 다녀가고 며칠 뒤 저녁, 로만과 나는 전철을 타고 생제르망데프레로 향했다. 위대한 질이라면 분명 적합한 곳을 알고 있을 거라 믿어서였다. 때마침 위대한 질은 우리가 다녀가기 전날 밤, 드라공 거리를 지나다가 공사 중인 공립 초등학교를 눈여겨보았다. 학교는 한 보험회사가 매각한 뒤였다.

로만과 내가 도착하자, 위대한 질은 마시던 빌라쥐와즈 와인 병을 깨끗이 비우고 우리를 학교로 안내했다. 건물을 보자마자 로만과 나는 대어를 낚은 기분이었다.

드라공 거리는 조용했다. 교문 옆으로 시몬 드 보부아르°가 다녔다는 낡은 표지판이 보였다. 위대한 질은 안내문을 가리키며, 한밤중에 헨느 거리나 몽파르나스 근방에서 산책을 하다가 이 훌륭한 여인과 종종 마주쳤다며 자랑을 늘어놓았다. 하지만 그는 끝까지 말을 맺지 못했다. 흥분한 로만이 도중에

°   Simone de Beauvoir(1908~1986), 철학자이자 소설가. 사르트르와의 계약 결혼으로 유명하다.

그의 이야기를 끊어서였다. 그가 위대한 질의 말을 중간에서 자른 것은 이때가 처음이었다.

유리창은 로만의 발차기 한 방에 박살이 났다. 로만이 앞장 섰고, 내가 뒤를 따랐다. 위대한 질은 두 번째 와인 병을 들고 밖에서 망을 봤다.

어두운 복도로 들어서자마자 로만은 휴대용 램프를 꺼냈다. 전기 계량기를 찾기 위해서였다. 내게 맡겨진 임무는 수맥을 찾는 일이었다.

나는 화장실로 들어가 수도꼭지를 돌렸다. 그러자 기적 같이 물이 뿜어져 나왔다. 더 찾아볼 것도 없었다. 물만 나오는 것이 아니라 일꾼들이 새것 같은 온수기까지 두고 갔다. 나는 로만에게 기쁜 소식을 알리려고 곧바로 화장실 밖으로 뛰쳐나갔다. 순간, 교내 조명등이 일제히 켜지며 실내가 환해졌다. 멀리 복도 끝에서 로만의 환호성이 들려왔다.

드라공 스쿼트가 탄생하는 순간이었다.

일주일도 안 돼서 스쿼트는 거주 가능한 상태가 되었다. 우리는 DAL의 투사들과 노숙인, 불법 체류자들을 초대해 개관식을 열었다. 재정비를 마친 여학교는 200여 명을 수용하고도 남을 만큼 공간이 여유로웠다. 사람이 다시 살기 시작하면서 오른쪽 건물에는 가족이, 왼쪽 건물에는 독신자와 사무실이 들어섰다. 개관한 지 몇 주 만에 수많은 남녀가 가방을 짊어진 채 아이들을 데리고 몰려왔다. 로만과 나는 이들에게 청결할 것, 공간과 공동체 생활을 존중할 것 등 스쿼트 내에서 준수해야 할 몇 가지 기본 규칙을 설명했다.

스쿼트 내에는 언제나 규칙이 존재하고, 규칙을 지키도록 고무하는 그룹이 존재한다. 물론 규칙을 세우는 사람은 늘 처음 도착한 사람들이고, 나중에 도착한 사람들은 정해진 규칙에 따른다. 이것이 거리의 법이다.

∽

소문은 공무원들의 귀에도 들어갔고, 몇 달 후 드라공 스쿼트는 32가구와 24명의 독신자가 거주하고, 스타들이 드나드는 파리에서 가장 유명한 스쿼트가 되었다. 카트린 랭제, 알베르 자카르, 레옹 슈바르첸베르그, 자크 이즐랭과 같은 유명 인사들이 들락거렸고, 우리가 기획한 한밤의 콘서트와 여름 대학을 영상에 담기 위해 무비 카메라가 상주했다. 6개월 뒤에는 엄청난 인파로 확장 공사를 해야 했다.

만화가 시네와 볼랭스키를 알게 된 것도 그 무렵이었다. 당시 〈샤를리 엡도Charlie Hebdo〉°는 경제적으로도 어려웠지만, 사옥 문제로도 큰 곤란을 겪고 있었다. 이것이 드라공에 〈샤를리 엡도〉가 들어선 이유였다. 나는 티뉴스와 종종 드라공 스쿼트 안을 거닐었다. 로만처럼 그도 사람들과 특별한 관계를 맺을 줄 아는 매우 인간적인 사람이었다. 또한 내가 지나치게 말이 많아질 때면 입 닥치라고 말해주는 드문 사람이기도 했다. 세월이 흐른 뒤에도 그는 나를 잊지 않았고, 거리 생활을 시작한 다음에도 지속적으로 연락하며 용기를 주었다.

티뉴스는 나를 침대 밖으로 끌어낸 유일한 사람이었다. 내가 드라공에서 나오기 몇 주 전에는 디드로 거리의 한 식당으로 나를 데리고 갔다. 안으로 들어서자 그의 친구들이 기다리고 있는 게 보였다. 샤르보니에는 내가 배꼽을 잡고 웃게 만들었다. 하지만 볼랭스키는 아니었다. 내가 말실수를 하는 바람에 분위기가 험악해졌다. 티뉴스는 우리 둘을 떼어놓으며 입 닥치라고 말했고, 우리 모두는 고집불통이었던 볼랭스키와 나 사이에서 마지막 잔을 비우고 집으로 돌아갔다. 그때

○   프랑스의 대표적인 풍자 전문 주간지.

우리가 마신 아페리티프가 마지막인 줄 알았다면, 나는 모두를 위해 술을 한 잔씩 돌렸을 것이다.°

° 볼랭스키, 티뉴스, 샤르보니에는 프랑스의 만화가로, 2015년 1월 7일 〈샤를리 엡도〉 본사 건물을 공격한 테러리스트들에게 모두 피살되었다. 이슬람과 무함마드를 풍자한 만평을 자주 실은 〈샤를리 엡도〉를 향한 이슬람 극단주의자들의 잘못된 반발이었다.

늙은 노숙인들

드라공 시절에 만난 사람들은 내 인생에서 하나둘 사라졌다. 아내와 나는 드라공에서 콘서트가 열리던 날 만났다. 우리는 급속도로 가까워졌고, 허황된 계획을 세웠다. 그리고 2000년, 나는 투사로서의 삶을 접고, 아내 바네사와 함께할 원대한 꿈을 꾸었다.

로만은 길 위에서 죽었다. 당시만 해도 주사기를 여럿이 돌려쓰는 일이 잦았다. 처음부터 바보 같은 짓만 일삼던 나의 형제는 잘못된 주사기 사용으로 에이즈에 감염되었다. 에이즈 치료는 아직 초기 단계였고, 그가 복용한 약은 지나치게 독했다. 그래도 그는 끝까지 버텼다. 그가 세상을 떠나던 날까지 나는 그의 곁을 지켰다. 10월 15일이었고, 그날은 내 생일이었다. 나는 그를 티에의 '형제들의 무덤'°에 묻었다.

　사망하기 전, 로만은 자신의 인생 여정이 고스란히 담긴 에세이집 한 권을 펴냈다. 그는 이 책을 파리 곳곳의 스쿼트에서 10프랑에서 20프랑 정도 받고 팔았다. 로만의 인생은 한 편의 장편소설 같았다. 자기 몸을 공격하는 바이러스에 관해 그는 무지했지만, 이 보잘것없는 노숙인의 놀라운 인생 이야기에는 '선禪의 정수'가 담겨 있다. 그런데 시나브로 로만의 삶이 기록된 이 책의 행방이 묘연해졌다. 나는 황금보다 귀한 로만의 에세이집이 한 권이라도 발견되기를 바란다.

　드라공에서 보내는 마지막 몇 달 동안, 에브뢰의 주교와 가이요 추기경이 우리와 함께 생활을 하러 왔다. 그들은 요한 바오로 2세의 승인을 받고 에이즈 예방 캠페인을 벌이고 있었다. 적극적으로 미디어를 활용하여 콘돔 사용과 보건 위생 강화를 강조했다. 드라공은 주교와 추기경의 방문을 기념하기 위해 장대한 미사를 준비했다. 신자와 비신자를 가리지 않고 초대된 이들은 모두 미사에 참여했다. 종교 의식은 장엄한 콘

○　'거리의 사망자 단체'가 '그들은 거리에서 고독하게 사망했지만, 이들을 개처럼 묻어서는 안 된다'라는 슬로건을 내걸고, 거리에서 사망한 이들을 위해 만든 공동묘지.

서트와 여러모로 비슷했다. 그런데 문제가 하나 발생했다. 이 교도인이 절반이기는 했지만, 영성체 때 쓸 와인을 미처 준비하지 못한 것이다. 물론 언제나 그렇듯, 문제를 해결할 방도는 생각보다 가까이 있었다. 우리에게는 위대한 질이 있었기 때문이다. 질은 와인이 없다는 사실을 알고 갈지자로 성단을 향해 걸어갔다. 그리고 잔을 피케트로 가득 채웠다. 덕분에 의식은 무사히 진행되었고, 성공적으로 끝났다.

그날 이후로 나는 위대한 질을 보지 못했다. 그의 사망 소식을 듣고, 생제르망데프레의 주민들은 위대한 질이 생전에 기거하던 작은 은신처를 꽃으로 장식했다. 꽃과 촛불, 아이들이 가져오는 동물 인형으로 그의 은신처는 또다시 문전성시를 이루었다. 모두 위대한 질과 함께 성장한 이들이었다. 그들에게 위대한 질은 친할아버지와 다름없었다.

일정 나이를 넘긴 노숙인은 거리의 전설이 된다. 지금도 생트마르트 광장에는 전설이 된 노인들이 제법 존재한다. 이들 중 가장 유명한 사람은 기니 출신의 '시장 나리'다. 그는 늘 스파클링 와인에 취해 있고, 광장 일대의 한 여성의 집에서 겨울을 난다.

이 구역의 노인들은 상부상조한다. 노숙을 하든 하지 않든

근소한 차이만 있을 뿐, 모두가 불안정한 삶과 생의 덧없음을 알기 때문이다. 죽음이라는 이름의 종착역까지 남은 거리는 저마다 조금씩 다르지만, 모두가 길 끝에 서 있다는 점은 협력의 원동력이 된다. 죽음을 앞둔 평등과 박애다. 이들 가운데 많은 노인은 자기가 먹을 음식을 선교회로 가져와서 다른 사람들과 나눈다. 수잔이라는 이름의 노부인도 1년 내내 하루도 거르지 않고 음식을 가져왔다. 수잔의 집은 허름한 호텔 객실이다. 그녀는 호텔에서 밤을 보내고 아침부터 저녁까지 거리에서 늙은 남자 친구와 함께 시간을 보낸다. 노숙인 친구를 위해 그녀는 매번 호텔에서 함께 지내자고 제안하지만, 그는 거리가 좋다는 이유로 거절한다. 하루 일과를 마친 다음이면, 그는 수잔의 팔짱을 끼고 호텔로 데려다준다. 그리고 자기는 거리로 돌아가 잠을 청한다. 그의 은신처는 언제나 호텔 근처다. 수잔과 그는 노쇠함이 엮어준 단짝이다.

평등, 박애… 세 번째를 잊었다. 맞다, 자유! 기억나지 않는 게 당연하다. 거리에서는 자유라는 단어를 들먹이는 사람이 없다. 우리에게 남은 유일한 것이 자유이기 때문이다. 그렇다고 부러워할 필요는 없다. 우리가 누리는 자유는 정말로 대단치 않다.

드물기는 하지만 자발적으로 거리에 남는 노인들이 있다. 이해가 안 되지만, 우리 모두는 이들의 결정을 존중한다.

나는 평생 집을 갖기 위해 투쟁했다. 거리에서 3년을 보냈고, 지금은 삶에 대한 큰 기대가 없다. 인간으로서 내가 할 수 있는 모든 노력을 다했기 때문이다. 그러므로 누군가 자유가 필요하다면 언제든 말하라. 기꺼이 내줄 테니까.

스코틀랜드 노숙인

베이스캠프로 돌아가는 길, 나는 음악에 맞추어 천천히 길을 걸었다. 귓속으로 더 포그스°의 싱어 목소리가 울려 퍼졌다. 그도 나처럼 가난하다.

생트마르트 광장에 도착하자 빗줄기가 거세졌다. 배터리도 떨어졌다. 선교회는 아직 닫혀 있고, 한 시간 뒤에 문을 연다. 나는 방금 문을 연 카페로 들어갔다. 오늘은 내가 '라 사르딘'의 첫 손님이다.

나는 이곳에서 휴대폰을 충전할 수 있다는 사실을 안다. 온

°   1984년 1집 《나를 위한 장미Red Roses for Me》로 데뷔해 1996년 해체된 그룹.

갖 종류의 케이블이 계산대 뒤에 구비되어 있기 때문이다. 나는 매력적인 여종업원에게 휴대폰을 건네고 커피를 주문했다. 그리고 등에 지고 있던 '나의 집'을 내려놓은 다음, 라디에이터 옆에 앉았다.

나는 라 사르딘에 용감하게 입장하는 유일한 노숙인이다. 다른 친구들은 이곳에 들어오기를 꺼린다. 나도 그렇지만 종업원들도 거의 신경을 쓰지 않는데 왜 그러는지 모르겠다. 더군다나 이 시간에는 손님이 한 명도 없다.

이런저런 상념에 잠겨 있는데, 출입구의 종이 울렸다. 나는 습관적으로 고개를 왼쪽으로 돌렸다. 재미있는 행색의 남자가 카페 안으로 들어서고 있었다. 그가 나를 흘끔거렸다. 나도 그를 탐색했다.

허름한 검정색 외투에 해진 우산, 낡은 모직 바지, 첫 눈에 나는 그가 노숙인임을 알았다. 그런데 그는 조금 특별했다. 그가 내게 다가와 손을 내밀었다. 그리고 칼로 자르듯 딱딱 끊어지는 스코틀랜드식 영어로 지난달 나를 CNN에서 봤다고 말했다. 나는 그의 언어로 고맙다고 말하고, 옆자리로 초대했다.

그는 나에게 선교회에 관해 묻고, 수첩에 나의 대답을 적었다. 문을 여닫는 시간, 의료 시설, 소지 가능 품목…. 그는 피난처였던 선교회가 폐쇄되어 새로운 항구를 물색 중이었다.

다음은 그가 내게 전한 영국 소식이다. 지난주 런던은 기온이 영하 20도까지 떨어졌다. 혹한은 몇 시간 만에 25명의 노숙인을 하늘나라로 데려갔다.

"그게 영국이에요, 친구! 거지 같죠."

영국에서 온 이 노숙인 신사와 나는 한동안 이런저런 이야기를 나누었다.

그는 프랑스에 살러 온 까닭을 설명했다. 듣고 보니 내가 영국인 친구보다 운이 좋았다는 생각이 들었다. 그의 말에 따르면, 런던의 노숙인들은 전철역 안으로 들어가지 못한다. 개찰원의 감시 탓이다. 구걸도 금지고, 스쿼트는 아예 존재하지도 않는다. 빈집을 점령하면 그 즉시 철창행이다.

이 우아한 스코틀랜드 사내는 런던의 도시 계획이 파리의 반노숙인 개혁보다 비현실적이라고 말했다. 그러면서 캠던의 낡은 벤치 철거와, 새로 교체한 벤치를 그림으로 그려가며 설명했다. 새로 놓인 캠던의 벤치들은 살바도르 달리를 연상시켰다. 물결 모양으로 중간 중간이 끊어져 있어서 몸의 절반을 공중에 기대지 않고는 도저히 누울 수 없는 구조였다. 그런데 파리도 만만치는 않다. 실제로 파리의 초록색 벤치들은 노후가 심해서 하나둘 무너지고 있다. 하지만 새것으로 교체된 적은 한 번도 없다. 노숙인도 그렇지만 연인들도 살기 힘든 시대다.

그의 말에 따르면, 런던은 노숙인들을 시내에서 내쫓고 있다. 그래서 노숙인들은 가로등 불빛을 피해 템스강 변으로 숨어 다닌다. 어떤 노숙인들은 운하에 공기 주입식 고무 카누를 띄우고, 그 위에 텐트를 치고 산다.

"런던의 밤은 추위와 비뿐이에요. 모두 잠을 방해하는 것이죠. 밤새 경찰은 우리를 추격하고, 시민들도 마찬가지예요. 한두 시간 내리 자는 건 꿈도 못 꿔요."

잠시 후 그가 이야기의 결론을 내렸다.

"영국은 '루저인 당신은 루저일 뿐이다'라는 직업 윤리와 자본 윤리를 가진 나라예요. 무자비한 시스템이죠. 이건 정말 모두가 함께 생각해볼 문제예요. 노숙인이 경찰에 잡히면 경찰은 그에게 100파운드의 벌금을 물려요. 이 법이 시행된 지도 벌써 몇 년이 지났어요. 기한 내에 지불하지 못하면 벌금이 10배로 불어나요. 당국은 노숙인들이 벌금을 낼 능력이 없다는 사실을 알아요. 결국에는 죄다 감옥에 보내겠다는 속셈이죠. 예전에 노숙인 문제를 단번에 해결하겠다며 전부 잡아다가 갤리선°에 태우고, 오스트레일리아로 보낸 것과 똑같아요. 하나도 달라진 게 없어요. 아, 한 가지 다른 점이 있네요. 이제는 식민지가 없으니까 자국 내에서 해결해야 한다는 것!"

새로운 친구가 오스트레일리아를 언급하며 증언한 것처럼, 사회는 노숙인들에게 세계 일주를 시키고 있다. 그는 뉴욕에 60,000명의 노숙인이 있음을 환기하였고, 나는 그에게 독일에 관해 아는 것을 모두 이야기해주었다. 독일은 다른 나라보다 노숙인에 대한 배려가 잘되어 있다. 기차역은 밤새 열려 있고, 센터에서 개를 재울 수도 있다. 정해진 시간이 지나거나 수은주가 영하로 내려가면, 경찰이 온 동네를 돌아다니며 원하든 원하지 않든, 노숙인들을 순찰차에 태운다. 1900년대의 프랑스와 같다. 당시 파리에 살던 노숙인들은 죄다 낭테르로 이송되었다. 비인간적이기는 하지만, 적어도 문제를 해결하려는 정치적 의지가 엿보이는 정책이었다. 지금은 정치인들이 아무 노력을 안 한다. 노숙인에 대한 이러한 사회적 포기는 우리가 사는 나라가 그만큼 노후했음을 의미한다. 시대가 바뀌며 우리는 보다 부유해졌지만, 늘어난 부만큼 결속력

○ 고대와 중세에 지중해에서 쓰던 배, 수많은 노예들을 동원하여 노를 젓는 영화 장면에 흔히 등장한다.

은 줄어들었다. 예견된 죽음을 두려워하는, 인색하고 배타적
인, 노망난 늙은이들의 나라가 되었다.

　내가 나심과 함께 북아프리카의 내지로 떠날 날이 올까?
그러면 조금 덜 추워지려나? 아마도 그럴 것이다. 먹을 것도
문제없이 구할 수 있을 것이다. 특히 금요일에는! 구걸해 얻
은 빵은 뒷골목의 식료품점에 절반 가격으로 되팔 것이다. 가
난한 삶이겠지만 아름다운 별을 보며 잠들 것이고, 꿈도 꿀
것이다.
　스코틀랜드 사내가 손목시계를 바라보았다. 곧 선교회가
문을 열 시간이다. 그는 새로운 항구를 둘러봐야겠다며 자리
에서 일어나 지갑을 꺼내 들었다. 나는 그를 만류하고 호주머
니에서 2유로를 꺼냈다. 두 사람 몫의 찻값이 계산대에 닿으
며 경쾌한 소리를 냈다. 종업원이 봤다면 분명 돈을 받지 않
았겠지만, 찻값을 지불하는 즐거움만큼은 누리고 싶다.

무료 급식과 레스토랑

"맛있어."

내 뒤의 여자가 말했다.

"응, 지금이 제철이잖아."

여자의 말에 남자가 대답했다.

나를 제외하고는 아무도 이들에게 주의를 기울이지 않았다. 두 사람은 멀지 않은 자리에서 식판에 담긴 음식을 카메라에 담고 있었다. 인스타그램에 올리기 위해서였다. 선교회 식당을 레스토랑으로 착각하는 것 같았다. 한마디 해주고 싶었지만 참았다.

선교회는 이런 사람들을 기다리지 않는다. 재미 삼아 놀러 와서 다른 사람의 자리를 빼앗고 무료 급식을 받아먹는 사람들을.

내가 아는 어떤 남자는 최고급 운동화에 다림질한 셔츠를 입고 저녁마다 무료 급식소를 찾아온다. 그리고 언제나 실내로 들어오기 전에 타고 온 경주용 자전거에 맹꽁이자물쇠를 세 개나 채운다. 예전부터 그런 그의 행동을 수상히 여긴 나는 휴대폰으로 검색을 했고, 그 결과 자전거의 가격이 무려 4,000유로에 달한다는 사실을 알았다. 이날 이후로 나는 그가 담배 한 개비만 달라고 부탁할 때마다 딱 잘라서 거절한다.

이런 사람들이 많아진 이유는 반낭비법°이 통과된 이래로 급식의 질이 좋아졌기 때문이다. 비샤 거리의 엠마우스 노숙인 쉼터에서 판매하는 당일 만든 인스턴트 샌드위치도 마찬가지다. 한번은 파스트라미 크레송 샌드위치와 민트차를 경품으로 받아서 시식한 적이 있는데, 쉼터의 음식치고는 맛이 상당히 훌륭했다.

노숙인을 위한 별 세 개짜리 레스토랑도 그렇다. 갓 개업한 이 레스토랑은 이탈리아인 주방장 둘이서 운영하고 있다. 식당 이름은 '르 레페토리오'이고, 마들렌 교회의 지하 예배당

°   환경 보호와 순환 경제를 목적으로 법안이 발의되었고, 음식물 낭비 방지가 주된 내
     용이다.

에 위치해 있다. 이곳에 가면 단돈 1유로로 왕자처럼 대접받을 수 있다. 입구로 들어서면 여주인이 무거운 가방과 낡은 외투를 받아준다. 주인장의 안내로 흰 식탁보가 깔린 둥근 테이블에 도착하면 꽃과 양초가 우리를 기다리고 있고, 촛불이 켜지며 '지금 이 순간'을 즐기는 신나는 놀이가 시작된다. 우리는 등을 꼿꼿하게 세우고 앉아 무릎에 천 냅킨을 깔고, 세련된 몸짓으로 천천히 음식의 맛을 음미한다. 이 순간에는 모두가 노숙인이라는 신분을 잊고 현재에 몰입한다. 나는 이것이 놀이의 목적이라고 생각한다.

상도 미리 차려져 있다. 훈제 연어, 채소가 들어간 양고기 스튜, 살짝 데친 무화과가 디저트로 나오는 단일 메뉴다. 마들렌 교회의 궁륭 아래서, 노숙인들은 저녁을 먹으며 꿈같은 시간을 보낸다. 조지 오웰이 살던 시대만 해도 파리는 무릎을 꿇기만 해도 음식을 구할 수 있는 도시였다. 기도하는 흉내만으로도 빵과 마가린을 얻을 수 있었기 때문이다.

조지 오웰은 1933년에 《파리와 런던의 밑바닥 생활Down and out in Paris and London》을 발표했다. 파리와 런던에서 극빈자로 살며 밑바닥 생활을 그대로 기록한 책이다. 언젠가 나는 나심에게 이 책을 빌려줬다. 그런데 그가 열 페이지도 읽지 않고 책을 돌려줬다. '너무 사실적'이라는 이유였다.

나는 마지막 남은 빵 조각으로 접시에 묻은 소스를 깨끗이 닦아 먹었다. 이제는 휴대폰 충전을 몇 분 더 하고, 뷔트쇼몽까지 잠시 걷다가, 은신처로 돌아가 잠을 잘 것이다. 그리고 벌거벗은 이브의 꿈을 꿀 것이다. 한겨울에 파라다이스에서 쫓겨나 내 품에 안기는 이브의 꿈을.

내일이 오면, 나는 그녀에게 모피 코트를 사줄 것이다. 마들렌 교회로 데려가 함께 저녁을 먹고, 살짝 데친 무화과 디저트를 먹을 것이다. 그러면 이브도 분명 좋아할 것이다.

와인과 맥주

선교회에서 샤워를 하기 위해 번호표를 받자 10번이 나왔다. 지쥬와 같은 번호다. 앞에 아홉 명이 있으니 오래 기다리지 않아도 된다. 주변이 술렁이며 아침 식사가 시작되고, 로제 와인이 테이블 위를 이리저리 돌아다닌다.

술은 어디에나 있다. 일상의 일부가 되었다. 너나 할 것 없이 모두 술을 마신다. 저마다 술을 권하고, 프랑스인답게 모두가 술을 존중한다.

거리는 지금 로제 와인이 유행이다. 레드 와인의 인기가 사그라지며 그 뒤를 로제가 이었다. 화이트 와인처럼 흥을 돋우면서도 가격이 저렴하기 때문이다. 플뢰르 도니옹은 아무 데서나 구입해 마실 수 있지만, 나는 장이 민감해서 로제 와인은 마시지 않는다. 대신 맥주를 마시고 대마초를 피운다. 맥주는 술이 아니라고 말하는 독일인처럼, 대마초는 마약이 아니라고 말하는 네덜란드인처럼.

이만하면 건전한 셈이다. 적어도 거리에서는.

안느루씨가 나를 향해 걸어온다. 콧구멍 사이에 커다란 맹꽁이자물쇠 열쇠를 매달고서. 그런 그녀를 위해 우리는 미노타우로스°라는 별명을 붙여주었다.

그녀는 메탈 숭배자다. 그래서 늘 쇠사슬을 몸에 감고 다닌다. 쇠사슬에는 페탕크°° 경기용 공 같은 쇠구슬도 두 개나 달려 있다. 어느 날 그녀가 잔뜩 흥분한 얼굴로 눈에 티타늄 구슬을 박아 넣는 수술을 받겠다고 선언했다.

"이봐, 진정해. 그딴 짓 말고 우리 페탕크나 한 판 할까?"

"똥이나 먹어! 안 그러면 네 얼굴에 오줌을 갈길 테니까."

"너희 수장한테 가서 물어봐. 뭐라고 할지 너도 잘 알잖아. 안 그래?"

°   그리스신화에 등장하는 반인반우半人半牛의 괴물. 몸은 인간, 머리와 꼬리는 황소의 모양이다.
°°   쇠로 된 공을 교대로 굴리면서 표적을 맞히는 프랑스 남부 지방의 운동 경기.

"입 닥쳐! 자, 맥주나 받아! 건드리지는 말고, 알았어?"

"걱정 마, 절대 안 마셔."

안느루씨는 알코올 함량이 11.6퍼센트인 '암스테르담' 캔 맥주만 마신다. 광장에서 내로라하는 술고래도 그녀의 캔은 절대로 넘보지 않는다.

일반인에게도 각자 선호하는 맥주가 있듯, 노숙인에게도 취향이 있다. 다만 조건이 있다. 노숙인의 맥주는 독해야 하고, 손쉽게 구할 수 있어야 하며, 가격이 매력적이어야 한다. 각자의 취향에 맞추어 온갖 종류의 맥주가 시판되는 것을 보면 유명 맥주 회사들은 고객의 요구를 정확하게 꿰뚫고 있는 것 같다.

맥주계의 클래식은 넘버 8과 6이다. 오리지널이라는 문구와 함께 독한 맥주계에 혁신을 일으킨 대표작 중 가장 대중적인 것이다. 이후 색깔로 구별되는 맥주가 탄생했다. 다른 맥주보다 설탕 함량이 많은 '레드'는 보다 빨리 취할 수 있다. '골드'와 '압생트'도 그렇다. 셋 다 노숙인을 위해 생산된 간경화의 유력한 용의자들이다.

아, 넘버 8과 6의 '엑스트림'을 잊었다. 엑스트림은 '오리지널'과 정확히 같은 맛이지만 용감한 이들을 위해 2도 높게 출시된 맥주다.

나는 아직 그 수준에는 미치지 못했다. 매일 술값으로 지출을 해야 하는 노숙인에게는 약간의 구걸이 필수다. 개인적으로 나는 구걸만은 피하고 싶다. 내가 마시는 맥주는 알코올 도수가 7도인 '로열 클럽'이다. 1유로에 살짝 못 미치는 매우 저렴한 가격이다. 다시 거리로 돌아왔을 때, 저가의 맥주를 찾다가 발견한 것으로, 아직도 나는 이것만 마신다. 맥주도 담배처럼 각자 고집하는 게 있는 것 같다.

도수 높은 맥주 위로는 작은 병에 든 저가의 독주가 있다. 그러나 찾는 사람이 많지는 않다. 재미있는 점은 위스키, 데킬라, 화이트 럼, 브라운 럼 등 각기 다른 종류인데도 가격이 전부 같다는 것이다. 나는 이 술도 마시지 않는다. 같은 술이라도 디피용이 건강에 훨씬 해롭다.

∽

맥주를 사면서도 나는 늘 진열대 높이 전시된 와인 앞에서 걸음을 멈춘다. 일종의 직업병이다. 프티샤블리 앞은 그냥 지나친다. 건조하고 평범해서다. 할 수만 있다면 나는 푸이 퓌세로 하루를 시작하고 싶다. 푸이 퓌세는 생각만 해도 미소가 지어진다. 그다음에는 정겨운 상세르를 마시고, 점심에는 내가 선호하는 베리와 보졸레를 맛보고 싶다. 이후에는 즈브레 샹베르탱에 살짝 취하고, 저녁이 오면 멋진 크리스탈잔에 슈발 블렁을 따르며 하루를 마감하고 싶다.

광장에는 내게 로제 와인을 권하는 노숙인이 있다. 그때마다 나는 정중히 거절을 하고 맥주 캔을 딴다. 와인은 내 직업이자 열정이었고, 나는 취하기 위해 와인을 마시지는 않는다. 내게 와인은 음미하고, 표현하고, 나누는 것이다.

개의 의미

나는 거리의 형제 노노를 생각한다. 그는 9월에 포도 수확을 하러 간다고 사라진 후 아직 돌아오지 않았다. 샹파뉴, 쉬농, 게뷔르츠트라미너, 보르도, 코트 뒤 론 등 각 지역에서 생산되는 와인은 모두 노노와 농부, 계절 일꾼들이 동고동락하며 밭고랑을 매고 수확한 포도로 만들어졌다. 포도 수확은 학교 숙제처럼, 노숙인이라면 한 번쯤 다 하는 아르바이트다. 우리는 성지 순례를 떠나듯 여름의 끝자락에서 이 연례행사에 참여한다.

노노는 아직 젊다. 그래서 나는 그를 걱정하지 않는다. 지금 그는 보르도와 알자스 사이의 어디쯤에 가 있을 것이다. 그는 개를 데리고 다니며 끝없이 여행을 하는 펑크족이다. 그래서 언제나 사라졌다가 다시 나타난다.

조금씩 다르기는 하지만, 펑크족의 세계에도 나름의 질서가 있다. 펑크족 대부분은 그룹과 공동체, 커플의 형식으로 생활한다. 스쿼트에 거주하는 펑크족은 주로 미성년에 집을 나와 일찌감치 거리에서 생활한 이들이다. 모두 집, 월세, 제도, 전철-직장-잠의 무한 반복을 거부한다. 이들을 다 큰 어린이로 생각하는 사람들도 있지만, 펑크족의 학습 속도는 매우 빠르다. 펑크족은 주로 지방에서 도심으로 올라오지만, 이 중에는 고향에 남거나 타 지방으로 거주지를 옮기는 이들도 있다. 프랑스에는 반려동물과 함께 생활하는 펑크족 남녀가 많다. 이들에게 개는 반려자이자 보호자이고 친구다.

이들은 개와 함께 구걸을 한다. 그러다가 경제적 상황이 심각해지면, 개를 데리고 다른 도시로 이민을 간다. 개 주인은 저마다 자기 개와의 특별한 역사를 갖고 있다. 개들은 거의 다 어릴 때 입양되지만, 이따금 목숨이 위태로운 순간에 거둬지기도 한다. 개와 개 주인의 관계는 입양 후 본격적으로 형성된다. 노숙인들이 개를 입양하는 근본적인 이유는 길동무와 믿음직한 형제를 얻기 위해서지만, 개를 입양한 뒤 얻는 장점은 매우 많다. 당연한 일이다. 개는 겨울을 따뜻하게 해주고, 주인을 공격자로부터 보호한다. 내가 아는 개들은 사람을 물지 않는다. 싸우는 법 대신 행인의 손길을 받아들이고,

낯선 사람을 경계하지 않게끔 주인이 가르쳐서다. 그래서 개를 데리고 다니는 노숙인은 경찰도 함부로 건드리지 않는다. 물론 언제나 그렇지는 않다. 노숙인을 반드시 체포해야 할 상황이 오면, 그때는 경찰도 거리낌 없이 개를 보호자에게서 떼어내 보호소로 데려간다.

한편, 개들의 주인이 바꾸는 경우도 흔하다. 특히 주인이 수감될 경우가 그렇다. 이때 개는 교육을 거쳐 새 주인을 만나고, 새로운 생활에 적응한다. 이런 경우, 개 주인은 자기가 고의로 우정을 깬 것이 아니며 버린 것도 아님을 개가 알아주기를 바라면서, 감옥에서 고통스러운 나날을 보낸다.

언젠가 한번은 노노가 알자스로 포도 수확을 하러 가며 내게 개를 일주일간 맡긴 적이 있다. 다행히 개와 함께 보낸 일주일은 무사히 지나갔다. 몰로스가 밤새 지켜주는 덕분에 안심하고 숙면을 취하기도 했다. 그렇지만 문제가 전혀 없지는 않았다. 개를 먹이고 보살피는 일이 결코 쉽지만은 않아서였다. 개를 돌보며 나는 절대로 개를 키우지 않겠다고 다짐했다. 이유는 간단했다. 내게는 그럴 능력이 없다. 나는 거리에서 먹고 잔다. 이런 내가 어떻게 다른 생명을 책임질 수 있겠는가? 다른 누군가를 보살피려면 자기 삶을 먼저 챙겨야 한다. 그러므로 개를 키우는 일은 내게는 사치일 뿐이다.

　나는 개를 키우는 펑크족도 아니고, 개를 데리고 다니는 노숙인도 아니다. 하지만 펑크족에게 친밀감을 갖고 있다. 그래서 그들을 이해하고, 존중하고, 판단하지 않는다. 펑크족을 보면, 나는 1990년대에 만난 여행자들이 떠오른다. 영국인, 네덜란드인, 독일인으로 구성된 이 그룹은 장비를 갖춘 소형 화물차로 유럽 일주를 하고 있었다. 이들은 페스티벌이 열리는 각 지역의 야외 캠핑장을 항구로 삼았다. 나는 이들에게 타악기의 일종인 젬베 연주법을 배웠고, 밤을 사랑하는 법도 배웠다. 그 시절, 나는 내 나이 또래의 다양한 노숙인과 교류했다. 상대방을 잘 알지는 않았지만, 우리는 서로를 이해했다. 이들 중에는 파리와 브르타뉴, 에로 지방에서 온 사람이 많았다. 모두 다 여름내 이 페스티벌에서 저 페스티벌로 옮겨 다니며, 샬롱과 오리악, 로리앙, 아비뇽을 유랑하는 사람들이었다. 라 로셸과 프랭탕 드 부르주°는 이들에게 있어 마땅히 거쳐야 할 여행 코스였다. 4월, 프랑스의 모든 대도시에서 펑

○　　부르주에서 열리는 음악 축제.

172

크족과 그들의 개가 사라지는 이유도 전부 다 부르주로 가기 때문이다. 펑크족이 여행을 마치고 대도시로 복귀하는 때는 릴의 포도 수확과 바겐세일이 끝난 9월이다.

∽

적합한 주거 공간이 없는 이들에게 정치적으로 관심을 갖던 때만 해도, 나는 DAL(주거권 연합)의 투사들과 내가 프랑스 역사상 중요한 업적을 남기리라고는 생각하지 않았다. 우리는 노숙인에게 비우호적인 지역부터 활동을 시작했다. 모두 도심에서 노숙인을 몰아내기 위해, 공공 분수대의 물길을 끊고 전쟁을 선포한 니스나 멍통 같은 지방 도시였다.

렌느, 로슈포르, 브장송, 타르브, 포와 같은 우호적인 도시에서는 편안한 여름을 보냈다. 스쿼트가 창립될 때마다 우리는 같은 처지의 계절노동자와 근방의 노숙인을 초대했다. 스쿼트는 DAL의 창립자이자 노련한 수장의 보호 아래 탄탄대로를 걸었다. DAL의 수장은 TV 시리즈 〈메그레Maigret〉에서 경찰서장을 최초로 연기한 배우의 아들로, 분홍 코끼리의 대표였다. 분홍 코끼리는 무용수, 곡예사, 차력사로 구성된 단체였고, 여름마다 현장에서 즉석 공연을 펼쳤다. 당시 내게 맡겨진 임무는 거리에 분필 그림을 그리는 것이었다.

그날 저녁은 몽펠리에에서 공연이 있었다. 나는 오후 내내 색분필로 가로 12미터, 세로 3미터 크기의 무대를 그렸다. 무용수와 곡예사들이 인간과 동물 사이를 비집고 다니며 공연이 시작되자 쉬르쿠프가 불을 내뿜었다. 내 옆에는 펑크족이 모여 있었고, 이 중 한 남자의 어깨 위에는 앵무새가 앉아 있었다. 분수대에 등을 기댄 채, 아름다운 사람들에 둘러싸여 공연을 감상하는 시간이었다.

차가운 밤이   4
오기 전에

∞

왜 어떤 삶은 이렇게 지독하게 힘든 걸까?
머릿속에는 오직 한 가지 생각밖에 없었다.
오늘만 참자.
내일은 따뜻한 곳에서 잘 수 있을 거야.

노노와 걀락

그 일은 순식간에 일어났다. 오후 세 시, 두 번째 캔 맥주를 따려던 순간, 광장 위 파란 하늘을 배경으로 해가 번쩍하더니 커다란 흰색 복서견이 흙 묻은 발로 내게 뛰어들었다.

노노의 개 걀락이었다. 형제가 돌아온 것이다. 때로 거리에서는 생각만으로도 이렇게 보고 싶은 사람을 소환할 수 있다. 노노는 두 달간 농부처럼 일하고 이제 막 브르타뉴에서 돌아온 참이었다.

프랑스의 노숙인 중 4분의 1은 일용직이나 불법으로 일을 한다. 이들 중 대부분은 건설 현장에서 노동을 하고, 드물기는 하지만 레스토랑에서 일하는 사람도 있다. 여성의 경우에는 종종 특정 서비스업에 종사한다.

노동 시간을 신고하며 노노는 장기 비소득자를 위한 정부 보조금을 받지 못하게 되었다. 부조리한 일이다. 이런 곤란한 상황과 마주치지 않으려면, 때로는 아무 일도 하지 않는 편이 낫다. 노노는 미비한 서류 보충과 제출을 위해 파리에 왔고, 앞으로 한 달간은 고역에 시달릴 것이다. 정보 처리 과정에서 벌어지는 일반인과의 격차 탓이다. 노노가 휴대폰을 사용한다고 해도 결과는 달라지지 않는다. 휴대폰만으로는 할 수 있는 일은 거의 없다. 서류를 보완해 제출하려면 컴퓨터와 프린터, 프린터 용지가 필요하고, 관공서마다 직접 찾아다니며 행정 직원과 만나야 한다. 배낭과 개는 당연히 입장 불가다. 도중에 포기하지 않는다면, 서류 제출을 완료하기까지 몇 주가 소요된다. 첫 사회 진입을 문서화하기 위해 드는 시간치고는 지나치게 과하다.

CMU°를 갱신하기 위해 나는 이 지긋지긋한 일을 6개월마다 한 번씩 한다. 보험증을 재발급받기 위해서는 베르사유까

○　　Couverture Medicale Universelle의 약자. 저소득층을 위한 프랑스의 건강보험.

지 가서 출생증명서를 발급받아야 한다. 지난번에는 시청에 들어서기까지 꼭 한 달이 걸렸다. 매주 같은 장소를 방문하면서, 나는 지난주보다 조금이라도 친절한 경비원과 만나기를 소망했다.

"그동안 둘이서 어떻게 지냈어?"

"구걸을 좀 했어. 걀락과 함께 있으면 사람들이 먹을 걸 많이 주거든. 봐."

노노가 비닐봉지를 열어 안을 보여주었다. 거의 다 개에게 줄 먹이고, 그를 위한 것은 감자칩 한 봉지와 캔 맥주 서너 개가 전부다. 사람들은 보통 개에게 너그럽다. 이들에게 사람은 늘 개 다음이다. 길을 가다가 개 이름을 묻는 사람은 있지만, 개 주인의 이름을 묻는 사람이 없는 걸 보면 그렇다. 그래서 구걸을 하는 맹인 중에는 개를 데리고 있는 사람이 많다.

깨끗한 골판지를 바닥에 깐 다음, 노노는 걀락을 그 위에 앉혔다. 그리고 개를 귀까지 담요로 덮어주었다.

"개가 애인도 아니고, 뭐하는 짓이야? 브르타뉴에 가더니 머리가 좀 이상해진 거야?"

"허튼소리 그만해. 바닷가에서 자다가 녀석이 감기에 걸렸어. 영국에서 폭풍이 몰려왔거든. 걀락이 없었다면 아마 난 얼어 죽었을 거야."

"약은 먹였어?"

"응, 빵이랑 같이 코르티손°을 줬어. 그런데 별로 효과가 없어. 약에 내성이 생겼나 봐. 맥주에 내성이 생긴 우리랑 같은 거지."

내가 개의 콧잔등을 쓰다듬는 동안, 노노는 여행 내내 흔들렸을 캔 맥주를 땄다. 이후 우리 사이에 오간 대화는 없다. 두 달이라는 부재치고는 꽤나 빨리 침묵에 휩싸인 셈이다.

나는 노노를 이 광장에서 처음 만났다. 만난 지 얼마 되지 않아서 우리는 금세 친해졌다. 나중에야 알게 된 사실이지만, 그는 나보다 더 먼길을 돌아온 친구였다. 노노의 삶을 악몽으로 바꾼 4월의 저녁에 대해 이야기를 들은 때는 훨씬 뒤였다. 물론 일찍 알았다고 해도 달라질 것은 없었다. 우리 같은 사람들에게는 고통의 크고 작음이 없으니까.

노노가 막다른 골목으로 소변을 보러 간 사이, 나는 한때 나의 반려견이었던 걀락에게 물었다.

"왜 어떤 삶은 이렇게 지독하게 힘든 걸까?"

°   염증과 통증을 줄이는 용도로 쓰는 부신 피질 호르몬제. 흔히 '스테로이드'라 부른다.

노노의 감옥살이

유년기는 많은 것을 좌우한다. 어린 시절부터 펑크족과 왕래가 잦던 노노의 경우만 봐도 그렇다. 그는 열세 살에 집을 나와서 생브리외의 한 스쿼트에서 생활했다. 와곤이라는 이름의 이 스쿼트에서 그는 성년이 되던 해까지 숨어 지냈다. 그후, 노노는 도시의 부름을 받고 파리로 입성했다. 당시 파리는 생브리외에서 기차로 4시간이 걸리는 거리에 있었다.

노노는 몽파르나스역에 도착했다. 그는 이곳에서 한동안 브르타뉴 지방에서 올라온 사람들과 함께 노숙을 했다. 파리의 기차역은 저마다 개성이 강하다. 타고 온 기차가 멈춘 역에서 노숙을 하며 생활하는 사람들 때문이다. 이들 중에는 역에 아예 눌러앉는 사람도 있다. 각 역의 특징은 이렇다. 리옹역과 오스테를리츠역은 남쪽에서 온 사람들이 노숙을 하는 곳이다. 메스에서 온 사람들은 동역에서 숙식을 해결하고, 몽파르나스역은 브르타뉴 지방 사람들 차지다. 이농 시절에도 그랬고, 베이비시터가 되기를 소망하며 파리로 올라온 퐁라베의 아이들이 아리베 대로에서 호객 행위를 하던 시절에도 그랬다.

노숙인들이 파리의 유혹을 떨치지 못하는 데에는 몇 가지 이유가 있다. 먼저 소도시는 대도시보다 지원이 적다. 도움을 받을 관련 시설도 부족하고, 구걸로 생계를 잇기도 힘들다. 농촌인 경우에는 견디기가 더 힘들다. 극빈자에게는 고독만큼 이겨내기 힘든 도전이 없기 때문이다.

농촌에서 올라온 노숙인에게 파리의 기차역은 정글과 같다. 특히 북역은 악명 높기로 소문난 곳이다. 비인간적이고, 약속이라도 한 듯 크랙을 피는 여성들과 마주치는 탓이다. 약물에 중독된 여자들은 시체처럼 얼굴이 파리하다. 그녀들은 피골이 상접한 몸을 공중 화장실에서 헐값에 팔아넘긴다. 단시간에 끝나는 이 성행위의 대가로 그녀들이 받는 금액은 대략 10유로 정도이지만, 이에 못 미치는 경우도 많다. 여성이

기를 포기한 가여운 여자들과 더는 남자도 아닌 비정한 남자들은 각자의 필요를 이렇게 충족시킨다. 크랙에 중독된 탓인지, 그녀들의 고객들 탓인지는 모르지만, 나는 그들을 생각할 때마다 가슴이 아프다.

북역의 다채로운 풍경은 2층에서 하릴없이 어슬렁거리는 남자들로 완성된다. 이들은 모두 하루를 죽이기 위해 빌리에르벨과 피에르 피트, 생드니에서 온 사람들이다. 이 중 몇몇은 샤틀레나 생 미셸까지 고속 전철을 타고 이동해 도착한 장소를 배회지로 사용한다. 개중에는 기차를 타고 온 사실을 숨기기 위해 옆구리에 헬멧을 끼고 다니는 남자들도 있다.

밤에 북역이 더 위험해지는 까닭은 위와 같은 남자들 때문이다. 이들은 CCTV에도 잡히지 않는 사각지대에서 매복을 하고 있다가, 방금 도착한 노숙인이 따뜻한 곳을 찾아 주차장으로 내려오는 순간을 노린다. 순진한 노숙인은 이때 가진 것을 모두 갈취당한다. 매일 밤 새로운 사람들이 이 덫에 걸린다.

노숙인에게 주차장은 바람과 추위로부터 신체를 보호하는 텐트와 같다. 그러나 이 말이 폭행으로부터 자유로움을 의미하지는 않는다. 가해자와 피해자 외에는 보고 듣는 다른 눈과 귀가 없기에, 주차장은 최상의 조건을 갖춘 덫이 된다.

∞

브르타뉴 사람들은 오래 머물지 않는다. 이들은 모두 여행자의 영혼을 가졌다. 노노도 그랬다. 그는 파리 입성 후 몇 주만에, 몽파르나스역을 떠나 무작정 포트 드 샤량통으로 갔다.

이곳에서 그는 미키를 만났다. 미키 또한 브르타뉴에서 온 남자였다. 만나자마자 그는 노노를 로쉐로 초대했다. 로쉐에는 뱅센느 동물원 근처에 '원숭이 바위'라는 이름의 전설적인 스쿼트가 있었다. 노노는 이곳에 들어간 첫 저녁부터 정원 테이블 끝에 앉았다. 그가 오기 전까지 비어 있던 장관의 자리였다. 미키가 앉은 왕좌의 자리는 그 맞은편에 있었다. 그날 저녁, 브르타뉴 지방에서 온 이 두 사내는 족장처럼 위엄 있게 정원에서 식사를 했다.

이후 '로쉐의 친구들'과 교류하며 아름다운 날들이 지나갔다. 로쉐의 친구들은 유랑민이 기거하는 이웃 스쿼트였다. 이 시절에는 기마 경찰도 스쿼트 입구에 말을 묶고 들어와 커피를 마셨다. 일주일에 한 번 구급차가 마당까지 들어와 군용 외투와 새 주사기를 배급하기도 했다. 이렇게 장밋빛 인생은 영원히 지속될 듯 보였다.

그러나 노노의 삶이 전복된 날은 기어코 오고야 말았다. 2007년이었고, 금요일이었다. 매달 그랬듯, 미키와 노노는 이탈리 광장 근처로 영화를 보러 갔다. 상영 중인 영화는 〈다이 하드Die Hard〉였다. 일찍 도착한 두 사람은 영화가 시작되기 전에 산책을 하기로 했다. 슈아지 대로를 걷던 중, 그들은 건장한 체격의 사내들과 마주쳤다. 모두 세 명이었고, 만취 상태였다. 10여 미터 앞에서, 셋 중 체격이 가장 좋은 남자가 일행 하나의 머리를 유리병으로 내려쳤다. 머리를 맞은 남자는 두 손으로 얼굴을 감싸고 비명을 질렀고, 손가락 사이로 흐르는 피는 도로를 흥건하게 적셨다. 한쪽 뺨은 대각선으로 갈라져 너덜거렸고, 상처 사이로 치아가 드러났다. 사람들 대부분은 이런 광경과 마주치면 즉시 현장을 떠나지만, 미키는 아니었다. 그는 한 발자국도 물러서지 않고, 노노에게 쓰레기통 옆에 나뒹굴던 쇠막대기를 눈짓으로 가리켰다. 만일의 경우를 대비해서였다. 이어, 예상했던 대로 최악의 사태가 벌어졌다. 피 냄새에 흥분한 가해자 둘이 노노와 미키를 향해 돌아선 것이다. 노노는 당황하지 않고 침착하게 담배를 빌릴 수 있는지 물었다. 거리에서 쓰는 흔한 교란술이었다. 하지만 그에게 돌아온 것은 담배가 아닌 쇠갈고리였다. 노노는 공격을 피해 몸을 구부렸다가, 쇠막대기를 들고 일어섰다. 그리고 앞선 남자를 가격했다. 하지만 그는 허리를 숙여 노노의 일격을 피했고, 뒤따라오던 남자가 쇠막대기에 머리를 맞고 공격을 피한 남자를 안고 앞으로 쓰러졌다. 두개골을 강타당한 남자는 그대로 정신을 잃었고, 다른 한 남자도 넘어지며 콘크리트 바닥에 머리를 박았다.

양손에 수갑을 찬 채로 노노는 구조대원들이 바닥에 누운 남자에게 심폐 소생술을 하는 모습을 지켜보았다. 다른 한 명은 들것에 실려 구급차로 옮겨지고 있었다. 겁에 질린 노노는 바닥에 널브러진 남자를 향해 계속해서 "일어나"라고 소리쳤지만, 남자는 끝내 일어나지 못했고, 사건 당일 밤 사망했다. 살인을 저지른 노노는 재판에 회부되었다. 그의 나이 스물셋이었다. 국선 변호인의 말에 따르면, 그는 곧 프렌 교도소로 가게 될 운명이었다.

소송 중 노노는 희생자가 조지아인이며, 러시아 경찰이 오래전부터 찾고 있던 인물임을 알았다. 그는 4개국에서 각기 다른 중죄를 짓고, 인터폴에게 영장 네 개를 발부받은 범죄자였다. 이 단 한 가지 이유로 노노의 형량은 20년에서 10년으로 줄어들었다. 그리고 7년 후, 그는 모범수로 방면되었다. 교도관들이 '최고 사령부'라 부르고, 수감자들이 지옥이라고 부르던 프렌 교도소를 나와 마침내 자유의 몸이 된 것이다.

노노는 지옥이 어떤지 안다. 프렌 교도소의 썩은 벽도 그 안에서 어떤 일들이 벌어졌는지 생생히 보고 들었다. 이곳에서 전쟁 시 게슈타포는 레지스탕스를 고문했고, 수감되어 있던 독일 협력자들은 해방 후 총살되었으며, 알제리 전쟁 중에는 FLN°과 OAS°°의 투사들이 투옥 생활을 했다. 프렌 교도소의 개미굴 같은 독방들은 근래 격리 수용소로 사용되며 인구밀도의 정점을 찍고 있다. 수감자가 독방 밖으로 발을 내딛는 유일한 시간은 하루 한두 시간 허락된 산책 시간이 전부다. 과거 마구간으로 사용되던 가로세로 6미터의 산책로엔 쥐가 들끓는다. 감시하는 눈 없이 이삼십 명의 수감자가 한꺼번에 하는 이 산책은 무법 지대에서 벌어지는 난투극과 다름없다.

수감 초기, 노노는 재판 판결문을 몸에 지니고 다녔다. 먼저 들어온 강간범과 소아성애자가 새로 들어온 수감자 중에서 욕구 분출 대상을 골랐기 때문이다. 노노는 수감 생활 중 이 부분이 가장 힘들었다고 고백했다. 그는 스스로를 보호하기 위해 근육을 과시해야 했고, 본때를 보이기 위해 폭력적으로 변해야 했다. 여차하면 교도관의 매질이 쏟아지고, 간수의

○   Front de Libération Nationale의 약자. 국민해방전선. 알제리의 사회주의 정당.
○○   Organisation Armée Secrète의 약자. 알제리의 국민해방전선에 맞서는 프랑스의 육군 비밀 조직.

187

폭행과 나체 수색이 자연스럽게 반복되는 곳. 한밤중에는 빈대와 바퀴벌레가 릴레이 경주를 벌이는 곳. 프렌 교도소는 한마디로 멀쩡한 사람도 한번 들어가면 만신창이가 되어 나오는 곳이었다. 그런 곳에서 어떻게 노노가 7년이나 옥살이를 하고 살아 돌아올 수 있었는지 그저 신기할 따름이다.

노노가 감옥에 수감된 직후 그의 어머니는 암으로 세상을 떠났다. 이어 할머니가, 이듬해에는 심장병을 앓던 아버지가, 그로부터 1년 뒤에는 할아버지가 차례로 숨을 거두었다. 노노는 혼자서 이들의 장례를 치렀다. 자신의 등을 겨누는 파마스 소총과 함께. 출소하기 1년 전에는 반려견이었던 스틱이 미키의 품에서 죽었다. 외출이 허락되었다면 아마도 노노는 개의 마지막을 지켜봤을 것이다.

"쓰레기 하나 해치운 죄로 7년을 감옥에서 썩다가 나온 거지. 어쨌든 다 지난 일이야."

그의 말대로 노노는 죗값을 모두 치렀다.

대화

나는 노노를 쳐다보았다. 그리고 처음으로 그가 입은 옷이 얼마나 더러운지 알았다.

"대체 뭘 입고 다니는 거야? 외투가 사망하셨잖아. 얼른 다른 걸 찾아봐. 오늘 밤은 날씨가 추울 거야."

"걱정 마, 친구. 그럴 필요 없어. 지금 나한테 제일 필요한 건, 갈락과 내가 따뜻하게 지낼 수 있는 은신처를 찾는 거야. 어디 아는 데 없어?"

"내가 지내는 곳이 좋기는 해. 바람이 하나도 안 들어오거든."

"나쁘지 않네, 거기 혹시 우리를 위한 자리도 있어?"

나는 대답하지 않았다. 대답 대신 장난삼아 개의 귀를 깨물고 광장 반대편으로 힘껏 공을 던졌다. 어떤 사람은 이런 나를 보고 야박하다고 할지도 모른다. 거리의 형제에게 기껏 골목 한 귀퉁이도 떼주지 않는다고 말이다. 이에 대한 나의 대답은 이렇다. 당연한 거니까. 나는 내가 어디서 자는지 아무에게도 알려주지 않는다. 그냥 그렇다. 노숙을 하는 사람들은 은신처를 항상 비밀에 부친다. 노노도 이 사실을 안다. 그러니까 그도 이해할 것이다. 아마 10분만 지나면 잊어버릴 것이다. 술 한 모금이면 곧 거북한 침묵도 깨지고, 그가 느낀 수치심도 말끔히 지워질 것이다.

침묵이 지나치게 오래 지속된다 싶으면 간단한 주제로 대화를 시작하면 된다. 이를테면 날씨처럼 평범한 이야기 말이다. 그러면 그와 나 사이의 거리를 다시 좁힐 수 있다. 날씨란 다가올 밤을 좌우하는 매우 중요한 요소다. 오늘처럼 낮 기온이 떨어진 날 밤은 노노도 나도 타격을 받는다. 어떤 점에서 보면 노숙인들은 늙은 농부 같다. 구름과 새의 노래로 날씨를 예측하기 때문이다.

"까마귀가 계속 우네."

"그래서?"

"비가 올 거라는 말이지."

"아냐, 까마귀도 추워서 그래. 어쨌든 빨리 잘 곳을 찾아야

겠어."

"같이 저녁 먹지 않을 거야?"

"아니, 갈락 덕분에 먹을 걸 많이 얻었어. 이제 쉴 공간만
찾으면 돼."

"19구에서 북쪽으로 조금만 올라가면 괜찮은 데가 있어.
조금 외지긴 하지만 나무로 둘러싸여서 조용해. 가보고 싶으
면 말해. 내가 데려다줄게."

노노는 싫은 기색이다. 사실 파리에서 숲이란 몸과 마음에
해로운 장소로 통한다. 마지막 정착지를 찾아 숲으로 들어가
는 사람들은 세상과 완전히 단절된 삶을 산다. 처음에는 이들
도 숲과 도시를 오가지만, 시간이 지나면서 왕래를 끊고 숲에
서 더는 나오지 않는다. 노천에서 빗물에 몸을 씻으며 혼자서
살다가 결국에는 세상에서 잊혀버린다.

한번 자리를 펴면 몇 년이고 정착하게 되는 이런 곳은 덫처
럼 위험하다. 그래서 나는 가능한 한 숲으로 가지 않는다. 도
시가 좋기도 하지만, 빨리 거리를 탈출하고 싶어서다. '허공
을 떠도는 완벽한 고요가 나를 두렵게 한다'는 파스칼°의 말

°   Blaise Pascal(1623~1662), 프랑스의 사상가·수학자·물리학자.

처럼, 도시의 리듬과 소음은 불안한 마음을 잠재운다.

 거리의 규칙을 잘 아는 노노이지만, 그는 여전히 불편한 기색이다. 불로뉴 숲은 캠핑 트레일러에서 기거하는 여자와 여장남자로 이미 만원이다. 뱅센느 숲은 상황이 보다 열악하다. 성매매 여성들과 포주들이 정착하여, 도시라고 해도 좋을 만큼 커다란 마을이 형성된 탓이다.

 "아니, 거긴 나무만 있지 진짜 숲은 아니야. 포트 데 릴라 부근이거든. 사람들이 사는 동네야. 대마초 밀매꾼 외에는 아무도 얼씬거리지 않아. 알다시피 대마초 상인들은 하룻밤에 3,000유로를 벌어. 그러니까 널 덮치거나 옷가지를 훔쳐가지는 않을 거야."

 "잘 모르겠어. 난 그냥 성가신 일이 생길까 봐 그래."

 "그런 일은 절대 안 일어날걸. 내가 아는 어떤 러시아 남자도 거기 사는데, 골판지로 오두막을 짓고 생활한 지 벌써 10년이 넘었어."

 화제의 그 러시아 남자는 이웃과 평화롭게 지냈다. 이웃에게 도움을 받기도 했다. 빈민가에 사는 사람 대다수는 모두 가건물과 열악한 주거 환경을 거친 사람들이다. 이들 중에는 길바닥 생활을 해본 사람도 있고, 머지 않은 시간 내에 거리에 나앉을 사람도 있다. 그리고 한 번이라도 궁핍하게 살아본 사람들은 타인의 곤궁함을 그냥 지나치지 않는다.

"음… 나는 보드카에 취해 사는 사람은 안 믿어. 언제 난폭해질지 모르니까. 그냥 다른 방도를 찾아볼게."

"그래, 원하는 대로 해. 걀락이랑 편하게 잘 수 있는 곳을 꼭 찾을 수 있을 거야."

"그럼, 당연하지."

노노가 자리에서 일어나 요로 사용한 골판지를 쓰레기통에 기대어 놓았다. 다른 사람이 재사용할 수 있도록 배려한 것이다. 그는 빈 맥주 캔을 버리기 위해 한 번 더 쓰레기통에 갔다가 돌아와 나를 껴안았다. 그런 다음 배낭을 등에 메고, 모자를 눌러쓰고는 꼬리를 흔드는 걀락과 함께 기다란 그림자를 남기며 멀어져갔다.

도로 청소부가 바퀴 달린 쓰레기통과 커다란 초록색 빗자루를 들고 지나가다가 나를 발견했다. 매일 아침 솔레이 거리에서 마주치는 남자다. 그는 바닥을 굴러다니는 일회용 컵을 수거하다가 말고 나를 노려보았다.

"내 얼굴이 커피 마실 얼굴로 보여요?"

나의 대답에 그가 껄껄 웃으며 자리를 옮겼다.

한파주의보

추위가 시작되면 맥주는 전혀 도움이 안 된다.

나는 휴대폰을 꺼내 일기예보 애플리케이션을 열었다. 생각했던 대로다. 오늘 아침은 어제보다 3도가 낮고, 방금 영하로 기온이 내려갔다. 불가능해 보이지만 밤에는 6도가 더 떨어진다고 한다.

내가 날씨 정보를 전해주자, 곁에 있던 누군가가 말했다.

"일기예보는 늘 거짓말만 해."

그러자 또 다른 누군가가 맞장구를 친다.

"맞아, 허풍쟁이지."

그럭저럭 안심이 되었다. 그래도 '온도계를 사자'는 메모를 해두기로 했다. 가방에 걸면 좋을 것 같다. 투자 목록 1호가 생겼다.

일기예보가 빗나가기를 바랐지만, 이후 몇 시간 만에 실제로 수은주가 급격하게 하강하며 정맥 속 혈액을 얼게 했다. 나는 또다시 휴대폰을 꺼냈다. 이번에는 통신사가 보낸 공문이다.

러시아발 한파가 파리를 기습했다. 모스크바의 어제 아침 기온은 영하 35도, 바르샤바의 오후 기온은 영하 12도, 스트라스부르의 저녁 기온은 영하 11도였다. 냉기가 이동하며 약해지기는 했지만 바람이 너무 강하다. 오늘 밤, 정확히 어떤 일이 우리에게 닥칠지 모른다. 그러나 확실한 것은 모두에게 힘든 시간이 되리라는 것이다.

반나절 만에 한파주의보가 발령되었다. 이런 소식에 담담하기는 어렵다. 그래도 배터리는 아직 충분하다. 나는 거리의 형제들에게 몇 분마다 상황을 알렸다. 그리고 수차례에 걸쳐 같은 질문을 받았다. 모두 답이 없는 질문이다.

"어떻게 이럴 수가 있지? 아무도 추위가 오는 걸 몰랐대?"

맞다. 그들은 이제야 잠에서 깨어났다. 그리고 부지런히 움직이기 시작했다. 누가 어디서 어떤 대책을 마련할지는 모르지만, 파리의 몇몇 단체는 서로 협력해서 해결 방안을 모색할 것이다. 도심은 긴급 구호 시설을 개방하고, 쉼터는 여분의 방을 내줄 것이다. 이곳이 비면 저곳이 채워지고, 각자 자신이 할 수 있을 만큼 한파와의 싸움에 동참할 것이다. 서로 다른 종교의 선교회들도 최선을 다해 음식을 나눠줄 것이다. 그러나 그들도 알 것이다. 한꺼번에 많은 사람을 따뜻한 곳으로 옮길 수는 없다는 사실을. 모두를 위한 자리는 언제나 부족하다는 사실을.

알도와 마르틴

나는 지금 생트마르트 광장에 있다. 한파주의보가 내려지고 17시간이 지났다. 우리는 이것이 무엇을 의미하는지 안다. 레이더망에 우리는 없다. 밤새 휴대폰은 울리지 않았고, 사회복지사도 전화를 걸지 않았다. 한파주의보에서 우리가 제외된 것이다. 오늘 밤에는 긴급 구호 시설에 우리를 위한 자리가 마련되지 않을 것이다. 그러므로 우리는 밖에서 잠을 자야 한다. 벤치에 버려지고 세상에서 잊힌 누락자 신세다.

날씨가 더 차게 느껴진다. 걱정은 되지만 달리 생각하면 더 나쁜 일도 일어날 수 있었다. 장비도 갖추지 않고 방풍조차 안 되는 은신처에 있다가 독감에 걸릴 수도 있었고, 파리보다 추운 스트라스부르나 모스크바에서 살았을 수도 있다. 수은

주가 영하 13도까지 떨어진 1954년 2월의 파리에 살았다면 또 어땠을까? 오늘 밤은 분명 견디기 힘들겠지만, 죽지는 않을 것이다.

자물쇠가 달칵거리며 문을 여는 소리가 들리자, 모두의 시선이 일제히 선교회 쪽으로 향했다. 우리는 30명 정도였고, 평상시와 달리 얌전하게 줄을 섰다. 아무도 새치기를 하지 않았고, 불평을 하는 사람도 없었다. 추운 밤이 오기 전에 따뜻한 곳에서 보낼 수 있는 마지막 기회임을 알기에, 모두가 자기 차례를 지켰다. 화내는 사람도 없었다. 오히려 모두 평화로워 보였다.

평상시 알도는 한꺼번에 달려드는 노숙인 무리를 튼튼한 팔로 막아 세웠다. 술집에서 주정꾼을 몰아내는 덩치 큰 문지기처럼. 그런데 오늘은 아니다. 문을 열고 우리가 들어갈 수 있도록 옆으로 비켜서고, 콧수염을 달싹이며 환영한다는 말까지 했다. 물론 그의 얼굴에 미소는 없었다. 당연한 일이었다. 웃을 상황이 절대 아니었으니까! 알도는 선교회의 공식 요리사이자, 이런저런 일을 도맡아 처리하는 잡부다. 기골이 장대하고 용감하며 온화한 성격에 힘이 센 돌아온 탕자다. 그의 젊은 날을 대표하는 단어가 거리, 여자, 코카인 등 범죄 조직과 관련된 것을 보면 그렇다.

알도는 마르틴의 집에서 묵는다. 마르틴은 생트마르트 광장에 사는 자원봉사자다. 가끔 그녀는 나를 저녁 식사에 초대한다. 추운 날에는 재워주기도 한다. 헌신적인 성격상 그녀는 오늘 밤에도 내게 잘 곳을 마련해주겠지만, 나는 다른 사람을 위해 그 자리를 양보할 것이다. 예를 들면, 외투를 빼앗기고 지금 내 앞에서 절망적인 얼굴을 하고 있는 남자에게 말이다. 나는 산꼭대기에서 자도 될 만큼 충분한 장비가 있다. 웬만해서는 평정심을 잃지도 않는다. 특히 이런 날씨에는 그렇다.

마르틴은 많은 것을 베풀지만, 그렇다고 부자는 아니다. 이런 이유로 우리는 그녀를 생마르틴이라고 부른다. 성녀 마르틴, 그녀와 잘 어울리는 별명이다. 선교회를 들락거리는 다른 많은 자원봉사자처럼, 그녀는 우리가 어디서 왔으며 인생이 얼마나 덧없는지를 안다. 독실한 신자인 만큼, 우리를 미사에 끌어들이기 위해 온갖 노력을 기울인다.

오늘 밤 우리에게 가장 필요한 것은 영원한 안식이 아니라 당장의 안녕이다. 교리 교육은 곧잘 이것을 잊는다. 그렇지만 이 시간을 완전히 피해갈 수는 없다. 마르틴이 고무장갑을 낀 양손을 부딪쳐서 소란스러운 실내를 정리한다.

"안녕하세요, 신사 숙녀 여러분."

"안녕하세요."

남자와 함께 온 젊은 여자가 대답한다. 새로운 커플이다.

성녀 마르틴은 한파에 관한 말 한마디로 단번에 청중의 마음을 사로잡는다. 그리고 같은 말을 반복하는 어리석은 실수를 범하지 않는다. 대신 노아의 방주와 아담과 이브 이야기를 들려준다. 귀담아듣는 이가 한 명도 없다는 걸 알면서도. 식사를 하는 동안만이라도 우리가 추위에서 자유롭기를 바라기 때문이다.

알도가 이동식 선반을 밀고 복도를 가로지른다. 선반에는 김이 모락모락 피어오르는 커다란 솥이 놓여 있다. 알도표 구호 수프! 기다리던 메뉴다. 알도는 우리의 마음을 잘 안다. 노숙인들은 날씨가 추워지면 몸을 빨리 덥힐 수 있는 음식을 찾고, 수프는 따뜻한 음식의 대명사다. 이런 이유로 수프가 나오지 않는 겨울철이면 노숙인들은 불평을 늘어놓는다.

선교회의 수프는 물, 채소, 빵을 재료로 한 기본에 충실한 음식이다. 가끔 파나 감자, 늙은 호박이 들어갈 때도 있지만, 그렇다고 맛이 대단히 좋아지지는 않는다. 하지만 옛 방식을 고수한 진짜 가정식 수프고 무료다. 게다가 배가 고프지 않을 때에도 술술 잘 넘어간다. 그래서 인기가 좋다.

길바닥 생활을 한다고 해서 언제나 배가 고픈 것은 아니다. 나는 식사와 목욕을 다르게 생각하지 않는다. 씻고 싶어서 씻기보다 위생을 위해 몸을 씻듯, 먹고 싶어서라기보다 건강을 위해 음식을 먹는다. 가끔은 술과 담배가 식욕을 앗아가 배고픔이 느껴지지 않을 때도 있다. 이런 날에는 음식을 삼키기가 어렵다. 그래서 곧잘 식사를 남긴다.

오늘은 모두가 억지로라도 저녁을 먹는다. 나도 몸을 덥히기 위해 천천히 수프를 떠먹는다. 오른쪽에 앉은 두 남자는 단숨에 수프를 해치우고, 벌써 메인 메뉴를 공략 중이다. 오늘은 흰 강낭콩을 곁들인 닭고기 요리다. 오늘 같은 날 우리에게 꼭 필요한 묵직하고 칼로리가 높은 고단백 식단이다.

잠시 후면 어떤 일이 벌어질지 모두 알고 있기에, 우리는 최후의 만찬을 즐기듯 특별한 시간을 가졌다. 각자 음식을 씹으며 자기 자신과 다가올 밤을 생각하면서. 운 좋게 벌써 따뜻한 곳을 찾아들어 간 누군가를 떠올리며 부러워도 했다. 예를 들면, 동네 체육관의 야전 침대에서 한숨 자고 있을 동료 노숙자를! 하지만 이 부러움은 오래가지 않았다. 어디까지나 하룻밤의 모면일 뿐, 새벽이면 그도 서둘러 씻고 밖으로 나와야 하기 때문이다. 우리는 말없이 이런저런 상념에 젖어 들었다. 떠드는 사람도, 불평하는 사람도, 농담하는 사람도 없었다. 평소와 전혀 다른 분위기였다. 폭풍 전의 고요처럼 다만 모두가 그 시간 그 자리를 지킬 뿐이었다. 그러나 나는 느낄 수 있었다. 잠깐 동안 우리에게 주어진 이 유예의 시간에 모두가 감사하고 있었음을. 그 시각, 우리는 같은 위기에 처해 있었지만, 서로에게 팔꿈치를 기댄 채 두려움을 덜어냈다. 그러자 이상하게도 마음이 놓이고 용기가 솟았다.

앞에 앉은 콩고인 남자가 외투 주머니에서 후추와 빨간색 가루가 든 조그만 봉지를 꺼냈다.

"형제, 혹시 고춧가루 필요해?"

"아, 고마워. 몸을 덥히기에는 매운 것만큼 좋은 게 없지!"

그는 식사를 하면서도 외투를 벗지 않았다. 다른 사람들도 마찬가지였다. 추위가 두렵기 때문이었다. 우리는 파도가 부서지기 전에 각자 최선을 다해 누릴 수 있는 것들을 누렸다. 밖에서는 바람이 선교회 유리창을 흔들었다. 곧 밖으로 나가야 할 운명이었지만, 우리는 시간을 끌며 음식을 더 줄 수 있는지 물었다. 내 생각에는 모두가 마음속으로는 저녁 식사가 밤새 지속되기를 바랐던 것 같다.

세 남자

강변에는 세 가지 유형의 행인이 있다.

나는 첫 번째 유형의 행인을 '건방진 놈'이라고 부른다. 그들은 노숙인들을 경멸하고, 우리는 그들을 재수 없다고 생각한다. 그들에게 우리는 알코올 중독자에 폭력배다. 악취를 풍기는 더러운 비렁뱅이에, 일도 안하는 게으름뱅이다. 그들은 우리가 자발적으로 노숙인이 되었다고 생각하고, '매일 아침 일찍 일어나기 위해 고군분투'하는 자기보다 구걸로 더 많은 돈을 번다고 생각한다.

그들은 우리가 눈앞에서 사라지기를 바란다. 우리와 눈이 마주칠까 봐 고개를 숙이고 다니고, 일부러 멀리 길을 돌아갈 때도 많다. 가끔은 우리를 투명 인간 취급하기도 한다. 나는 그 이유를 안다. 두려움 때문이다. 그들에게 우리는 결코 마주치고 싶지 않은, 닮을까 봐 걱정되는 인간 이하의 쓰레기들이다.

두 번째 유형의 행인은 다수가 '소심한 놈'이라고 부르는 자들이다. 그들은 우리에게 가까이 다가오지 못하고, 말을 걸지도 못하지만, 쳐다보기는 한다. 말없이 동전을 건네기도 한다. 물론 적선을 하면서도 우리와 눈을 마주치지는 않는다. 하지만 그들의 두려움은 첫 번째 유형의 행인과는 다르다. 우리는 그들을 좀 더 인간적이라고 생각한다.

소심한 놈은 누구나 다 노숙인이 될 수 있음을 직관적으로 안다. 여기에는 운수대통인 사람도 포함된다. 이것이 그들이 우리를 제대로 쳐다보지 못하는 이유다. 그들은 우리를 보며 무력감과 수치심을 느낀다. 혼자 힘으로는 빈곤을 타파할 수 없음을 알기에, 한 번에 한 사람에게만 적선을 베푼다. 카페에서 차를 마시고 나오며 종종 한 잔의 가격을 더 지불하기도 한다. 나중에 들어올 다른 누군가를 위해서다.

세 번째 유형의 행인에게 붙은 별명은 '착한 사마리아인'이다. 그들은 우리를 자기 집에서 재우며 노숙인들의 행정 서류

작성을 돕고, 노숙인들을 위한 별 붙은 레스토랑을 고안해내는가 하면, 곁에 앉아서 담배꽁초를 나눠 피운다.

착한 사마리아인은 거리에 많지 않다. 그러나 분명 존재한다. 운 좋게도 나는 그런 사람들을 많이 만났다. 예를 들어 다니엘 코쉐는 내 생명의 은인이다. 나는 아내에게 고소당한 뒤, 아들과의 교섭 금지 판결을 받은 날 그를 만났다. 그날 나는 케 드 제스브르를 떠나 생마르탱 운하로 건너갔다. 두 번 다시 아들을 보지 못한다는 생각에 한참을 서럽게 울고 있는데, 웬 낯선 남자가 다가와서 도울 일이 있는지 물었다. 그의 물음에 나는 법무부 장관이 아닌 이상 나를 도울 수는 없다고 쏘아붙였다. 그는 명함을 내밀었고, 자신을 변호사라고 소개했다. 명함에는 다니엘 코쉐라는 이름이 적혀 있었다. 나는 그에게 상황을 설명하며 배낭에서 이혼 서류를 꺼내 보여주었다. 이혼 서류는 책과 시작詩作 노트 사이에 잘 보관되어 있었다. 그는 서류를 빌려갈 수 있는지 물었고, 내일 오전 11시까지 포부르 뒤 텀플 거리의 변호사 사무실로 오라고 말했다. 이후 모든 문제가 해결되었다. 마법처럼 고소장 두 개가 기각되며 판결이 무효화되었고, 거주지만 증명하면 아들을 만날 수 있게 되었다.

소망 사항

간밤, 오랜만에 꿈을 꾸었다.

나는 눈을 떴다가 다시 감고, 방 안의 냄새를 맡았다. 자고 싶지는 않았지만, 따뜻한 이불과 부드러운 베개가 나를 침대에 남게 했다. 등은 마취를 한 것처럼 편안했다.

다시 자려고 눈을 감았지만, 잠이 오지 않았다. 어느새 몸이 새벽 걷기에 적응을 한 탓이었다. 나는 하품을 하고 기지개를 펴며 창가로 걸어가 커튼을 젖혔다. 뽀얗게 김이 서린 유리창 너머로 잔뜩 웅크린 나무들, 가로등 아래 얼어붙은 도로, 서리 내린 지붕, 자동차가 보였다.

⌒

어제 저녁, 나는 최악의 상황에 대비해 몸과 마음의 준비를 했다. 라 빌레트 대로 위로 바람이 휘몰아쳤다. 귀가 얼 정도로 차가운 바람이었다. 산성 용액에 손을 담근 것처럼 손끝이 시렸다. 나는 이글루를 향해 걷는 이누이트처럼 눈을 가늘게 뜨고 심호흡을 했다. 마음을 다잡기 위해서였다.

길모퉁이의 익숙한 은신처에 도착한 뒤에는, 밤마다 관례적으로 치르는 작업에 들어갔다. 배낭에서 여름용·겨울용 침낭을 꺼내고, 골판지를 깔고, 이불 두 장을 폈다. 이러면 추위와 불결함에서 나를 보호할 수 있다. 기계적으로 이부자리를 펴는 동안 머릿속에는 오직 한 가지 생각밖에 없었다. 오늘만 참자. 내일은 따뜻한 곳에서 잘 수 있을 거야.

그날 벌써 두 번째로 이전의 삶이 부메랑처럼 돌아왔다. 아들, 아내, 옛 집…. 지금과는 너무 먼, 그래서 되찾고 싶은 것들. 욕조, 냉장고, 커피 머신, 내가 아끼는 물건들, 서재…. 구구절절 갖고 싶은 것도 참 많다. 나는 3년 전 혹은 10년 전으로 돌아갈 수만 있다면 얼마나 좋을까 생각했다. 그러면 앞으로 내게 일어날 일들을 전부 예측하고 대비할 수 있을까?

차가운 자갈 위에 몸을 눕히는데, 낯선 그림자가 다가왔다. 나는 도둑이라고 생각하고 잔뜩 긴장해서 호주머니 속으로 손을 집어넣었다. 램프로 놈의 낯짝을 환하게 비추기 위해서였다. 그런데 내 예상이 빗나갔다. 그림자의 주인은 이제 막귀가한 1층에 사는 남자였다. 그가 종종걸음으로 다가와 발치에 웅크려 앉으며 말했다.

"아저씨, 여기 계시면 안 돼요."

"나도 알아요, 하지만 달리 갈 곳이 없어요."

"오늘 밤은 너무 추워요. 따라오세요. 근처 호텔에서 하룻밤 주무시게 해드릴게요."

매일 마주치는 남자였지만, 나는 그가 착한 사마리아인으로 둔갑해 이렇게 나타날 줄은 꿈에도 몰랐다. 한눈에 사람을 알아보기는 어렵다. 거리에서 만난 선한 사람들도 대부분 이렇게 우연히 마주쳤다. 하지만 이들의 선행은 몇몇 규칙을 준수할 때 되돌아오는 것이었고, 거리에서 가장 중요한 것은 청결이었다. 그래서 나는 매일 아침 이웃이 일어나기 전에 내가 잔 자리를 말끔히 정리하고 청소한다. 오늘 밤 나를 구원해준 이 남자도 어쩌면 나의 이런 행동을 눈여겨보았을지 모른다.

호텔에서 보낸 하루

호텔 방을 나서면 등이 시린 것 외에는 아무 생각도 안 날 것이다. 그래서 나가고 싶지 않지만, 감옥에 갇힌 느낌은 어쩔 수 없다. 금주를 결심하고도 술을 사러 달려가는 알코올 중독자 같다. 거리로 돌아갈 마음이 없는데도 벌써부터 무언가가 내 등을 떠민다.

욕실에서도 충동은 계속된다.

선교회에서는 샤워기 아래 오래 있을 수가 없다. 뒷사람을 위해 온수를 남겨야 하기 때문이다. 그러나 호텔에서는 다르다. 욕실을 사용하는 사람은 나 혼자고, 마음껏 샤워를 즐길 시간적 여유가 있다.

수도꼭지를 돌리자 따뜻한 물이 이마 위로 쏟아져 내렸다. 한동안 나는 그대로 서서 얼굴에 닿는 물방울의 감촉을 음미했다. 십여 분이 지나자 증기가 욕실을 가득 채웠다. 예전에는 샤워가 매일 치르는 통과의례일 뿐, 특혜임을 몰랐다. 샤워만으로도 얻을 수 있는 행복과 즐거움, 내가 잊으려 노력한 것들이다.

나는 샴푸를 집어 들고 머리카락에 골고루 발랐다. 한 차례 헹구고 난 다음에는 두 번째 샴푸를 했다. 거리에서는 머리카락이 제일 먼저 더러워진다. 쉽게 씻을 수 있는 손과는 다른 것이다. 머리를 다 감고 난 뒤에는 발가락 사이사이까지 온몸을 정성껏 비누칠했다. 선교회에서는 샤워를 하면서도 발을 다치지 않으려고 양말을 벗지 않는다. 노숙인에게는 발이 곧 생명이기 때문이다. 그러나 오늘은 반다나도 안 쓰고, 양말도 신지 않았다. 호텔 욕실에서는 발을 다칠 염려가 없으므로, 애벌레처럼 실오라기 하나 걸치지 않았다. 그러고 있자니 지난밤의 근심이 물과 함께 하수구로 떠내려가는 기분이었다.

샤워 부스를 나서는 나는 완전히 다른 사람이다. 나는 거울에 묻은 수증기를 손으로 문질러 닦고, 양치질을 시작했다. 허리춤에 수건을 두른 채 이를 닦으며 얼굴을 찡그리고 상체를 부풀려, 영화 〈택시 드라이버Taxi Driver〉의 주인공 흉내를 냈다. "Are you talking to me?" 로버트 드 니로만큼 잘 생기지는 않았지만, 봐줄 만했다. 살이 많이 빠지기는 했다. 그래도 근육은 남았다.

그런데 두상은 상황이 조금 달랐다. 반다나가 없으니까 평상시에는 눈에 띄지 않던 정수리 부근의 탈모가 도드라져 보였다. 3년 만의 노화치고는 빠른 편이다.

방 안에 들어서자 마음이 다시 불편해졌다. 의자 위에서 나를 기다리고 있던 옷 때문이었다. 거리에서는 같은 옷을 이틀 연속으로 입어도 아무 문제가 없었다. 그런데 오늘은 아니다. 오늘은 세제와 섬유 유연제 향기가 물씬 풍기는 티셔츠를 입고 싶다.

이럴 줄 알았다면 어제 친구 집에 가서 세탁기를 돌릴 걸 그랬다. 내게 세탁기를 빌려주는 친구는 트위터로 만난 벨빌의 착한 사마리아 여성이다. 그녀는 내게 커피를 주고, 세탁과 건조가 끝날 때까지 말동무가 되어준다. 그녀가 베푸는 이러한 호의는 삶을 변화시킨다. 그녀를 만나기 전까지만 해도, 나는 다른 노숙인들처럼 옷을 일주일만 입고 버렸다. 거리에서는 옷의 수명이 짧다. 건방진 놈의 생각과는 반대로, 노숙인에게는 청결이 가장 중요하다.

옷을 다 입고 나자 사방의 벽이 다시 숨통을 조이기 시작했다. 호텔은 편하지만 익숙하지는 않다. 산속의 브르타뉴 사람이나 배 위의 등산가가 된 것처럼 안내자가 필요하다.

나는 거리의 부름에 답한다. 다시 거리로 돌아가 익숙한 광장의 술꾼들과 함께 이름 없는 삶을 살기 위해서.

새벽 한 시, 잠에서 깨기는 아직 이른 시간이었지만, 나는 생트마르트로 돌아가 닻을 내렸다.

책과 계급

호텔을 나서기 직전, 나는 마지막으로 TV를 시청했다. 인스턴트 커피를 마시고, 리모컨을 조종해 채널을 아르테Arte GEIE°에 고정시켰다.

아르테에서는 나무의 언어를 연구한 과학 르포르타주가 상영 중이었다. TV를 통해서 나는 나무들이 고도화된 정보 처리 체계를 사용해 서로 소통하며, 약탈자가 있음을 동족에게 알린다는 사실을 알았다. 갓 잘린 나무 그루터기는 버섯 네트워크를 통해 소통을 지속하고 다른 나무들에게 위험을 알린

○   프랑스와 독일의 공동 출자로 설립한 방송국.

다. 그러나 나무들은 앞으로 닥칠 위험을 알아도 절단기 앞에서 속수무책이다. 커다란 세쿼이아도 마찬가지다. 저널리스트들이 매일같이 떠들어대는 다른 프로그램보다 훨씬 재미있어서 나는 르포르타주를 끝까지 시청했다.

거리로 돌아온 뒤에도 문화생활을 포기하고 싶지 않았던 나는 라 빌레트 과학산업관으로 갔다. 무료 전시를 관람하기 위해서였다. 인체에 관해 배울 것이 많은 전시였다. 관람 내내 부모에게 수없이 질문을 퍼붓는 아이들을 보고 행복했던 시절을 추억하기도 했다.

테러가 일어난 뒤로는 배낭을 메고 박물관에 들어가지 못한다. 배낭과 전시 관람 중 한 가지만 선택해야 한다. 예전에는 그림 앞에 한 시간 동안 서서 색채가 주는 감동으로 몸과 마음을 덥혔지만, 이제 그 시절도 가고 없다.

경비원의 제재가 없는 곳은 현재 공립도서관밖에 없다. 이곳은 우리 같은 노숙인이 지붕 아래서 낮 시간을 보낼 수 있는 마지막 보루다. 퐁피두센터 도서관은 집 없는 사람들을 수용하는 유일한 시설이다. 시간이 조금 걸리지만, 들어가고 나갈 때에도 가방을 슬쩍 열어 보이기만 하면 된다. 도서관 1층은 노숙인들이 편하게 앉아서 만화책 페이지를 넘기는 곳이다. 2층의 사회과학실은 TV를 시청하며 전 세계의 채널을 두루 섭렵하는 곳이고, 문학과 역사 관련 도서가 쌓인 3층은 불문학 교사였던 나심 외에는 아무도 얼씬거리지 않는다.

퐁피두센터 도서관에서는 도서 대여를 안 한다. 그래서 나심은 다른 방식으로 책을 구해 읽는다. 사실, 거리에서는 책을 쉽게 구할 수 있다. 대로변과 카페에 온갖 책이 널려 있기 때문이다. 다수의 노숙인은 버려진 책을 수집해 라탱 지구°에 판다. 이들 중에는 질베르 서점의 출입구에 아예 눌러앉는 사람도 많다. 파리 시민들은 읽고 난 서적을 질베르 서점으로 가져가 되판다. 서점에서 구입하지 않은 책은 나가면서 출입구 바닥에 버린다. 고본 수집가들에게 이곳은 전쟁터나 다름없다. 노숙인도 마찬가지다. 이들은 어느새 중고 서적 소매상으로 둔갑해서 단골 서점에 되팔 순간을 상상하며 책표지 위로 달려든다.

나는 그럴 필요가 없다. 우편으로 책을 보내주는 익명의 사람들과 트위터 친구들 덕분이다. 책을 다 읽고 나면 곧바로 팔기는 한다. 배낭 무게도 만만치 않고, 쌓아둘 공간도 없

○　　파리의 관광 명소. 소르본대학, 콜레주 드 프랑스 등 명문 학교가 자리한 학생들의 거리.

어서다. 그래서 내 배낭 속에는 늘 한 권의 책만 들어 있다.

  문학적 소양이 있는 생트마르트 광장의 노숙인들은 비밀리
에 서로 책을 돌려본다. 나는 이 부류에 속할 정도는 아니다.
하지만 이들 모두 나를 존중한다. 거리에서는 지위의 높낮음
이 없다. 적어도 아직까지는 엘리트주의나 속물근성이 통하
지 않는다.
  물론 노숙인으로 이루어진 이 비루한 사회에도 계급은 존
재한다. 예를 들어, 크랙 흡연자는 사다리의 최하층에 속하
고, 책을 읽는 노숙인은 최상층에 속한다. 그렇지만 거리의
계급은 3층으로 구성된 퐁피두센터 도서관처럼, 계층 간 이
동이 자유롭다. 도서관에서 이 층과 저 층을 오가듯, 이 계급
에서 저 계급으로 오가며 하루에도 몇 번씩 상승과 하강을 반
복한다.
  거리의 사회적 사다리에서, 나심은 최상층에서 하루를 시
작한다. 그리고 혈중 알코올 농도가 높은 사람들과 함께 최하
층 부근에서 하루를 마감한다. 전 불문학 교사가 만취해 하류
계급의 노숙인들과 어울리는 모습은 정말 볼 만하다.
  술병이 비면, 나심은 언덕 위의 주차장으로 이동한다. 매트
리스 두 장을 포개놓은 은신처에서 한숨 푹 자기 위해서다.

그리고 두 시간 뒤, 수업 준비를 마친 불문학 교사의 얼굴을 하고 생트마르트 광장에 다시 나타난다.

나심은 수풀 뒤 포개놓은 매트리스 사이에 책을 몇 권 숨겨 두고 서재로 사용한다. 언젠가는 한 번, 쥐가 나타나 독서 중인 그를 깨물었다. 나심은 화를 내며 읽던 책으로 쥐를 때려 잡았다. 그런데 공교롭게도 쥐잡이 용도로 사용된 도서가 릴리안이 빌려준 가브리엘 가르시아 마르케스의 《콜레라 시대의 사랑 El amor en los tiempos del cólera》이었다. 책의 제목이 무색하지 않을 만큼, 릴리안은 세 번이나 읽은 책이라며 난처해하는 나심을 안심시켰다.

릴리안

나와 동갑인 릴리안은 안 읽은 책이 없다. 심한 마약 중독자로 모르는 밀매상이 없으며, 원하는 것은 무엇이든 손에 넣는다. 웬만해서는 파리에서 보기 힘든 파슈툰인°을 찾아내 아편을 구하기까지 한다.

지난달 광장으로 나온 릴리안은 상태가 몹시 안 좋아 보였다. 메타돈°° 결핍인 것 같았다. 아니면 나심이 그립기 때문인지도 몰랐다. 나심은 아직도 알코올 중독 치료 중이고, 성

°　아프가니스탄과 파키스탄에 걸쳐 사는 민족으로, 파슈토어Pashto를 사용하는 사람. 아프가니스탄의 최대 인종 집단이며 '아프간족'이라고도 한다.
°°　모르핀이나 헤로인에 의존하는 환자의 금단 증상을 치료하는 데에 쓰는 진통제.

공해서 나오려면 한참 더 있어야 한다. 릴리안을 보자마자 나는 그에게 대화가 필요하다고 느꼈다. 요즘은 무슨 책을 읽냐고 묻자, 그가 가방에서 《어제의 세계Die Welt von Gestern》를 꺼냈다. 우울할 때마다 릴리안은 슈테판 츠바이크의 책을 읽는다. 모두 기분이 좋을 때에는 거들떠보지도 않는 책들이다. 책갈피 속에는 파트릭 드베르의 사진이 들어 있다. 파트릭은 릴리안의 어릴 적 친구로, 릴리안은 얼마 전 그로 인해 큰 충격을 받았다. 두 사람은 성인이 된 후에도 연락을 끊지 않았다. 만나서 권투를 하거나 코카인을 흡입하며 지속적인 교류를 가졌다. 적어도 이 중 한 사람이 자살을 하기 전까지는 말이다. 파트릭이 자살하기 이틀 전, 릴리안은 그의 집을 찾아가 하룻밤을 묵었다. 친구를 격려하기 위해서였다. 그날은 콜루슈가 파트릭의 아내와 여행을 떠나며 그에게 22구경 롱라이플을 선물한 날이었다. 파트릭이 죽자, 릴리안은 군중을 헤치며 파리를 떠났다. 그리고 유대인답게 이스라엘로 이주해, 차할 이스라엘 방어군으로 활동했다. 그러다가 1년 뒤, 이스라엘 군대로부터 팔레스타인의 스파이라는 오명을 받고 추방당했다. 이후 6년 째 그는 마약의 힘으로 버티며 거리를 전전하고 있다.

집 없이 떠도는 노숙인 중에는 마약 중독자가 많다. 이들은 대부분의 시간을 알약을 녹이며 보낸다. 우울증 치료제와 아편이 함유된 약이 돌고, 렉조밀이나 트란젠 같은 신경 안정제를 찾는 노숙인도 많다. 생산이 중단되지 않은 아편유사제인, 부프레노르핀 계열의 약 중에서는 메독이 가장 유명하다. 효과가 확실하며 합법적인 까닭이다. 메독은 보통 헤로인 중독자들에게 처방되지만, 마약처럼 불법으로 소비된다. 쉬뷔텍은 가난한 이들의 우울증 치료제로 바르베스에서 한 갑에 2유로에서 5유로 사이에 거래된다. 약의 효과는 반나절 동안 지속된다. 쉬뷔텍을 플뤼르 도니옹에 섞어 복용하면 뇌가 망가지는데, 애용자들은 이것을 목적으로 한다.

거리에서는 마약을 두고 비판하는 사람이 없다. 그러나 공공연한 비밀을 밝히자면 이렇다. 몸이 파괴되면 영혼도 파괴된다.

콜루슈와 차할이 등장하는 릴리안의 이야기를 듣고 나는 입을 다물었다. 릴리안의 눈을 깊이 들여다보았다. 그리고 그를 믿었다. 거리에는 전설 같은 개인사를 가진 사람이 많다. 물론 개중에는 자기방어를 위해 이야기를 꾸며내거나, 장단을 맞추기 위해 거짓말을 하는 사람도 있다. 그래서 가

꿈은 진실과 거짓을 구분하기가 어렵다. 오늘 오후에는 생트 마르트 광장에서, 빼빼 마른 전 외인부대 병사와 마피아 두목이었던 집시, 90년 동안 세계 일주를 한 남자를 만나기까지 했다.

거리에도 다른 곳과 마찬가지로 허언증 환자가 많지만, 나는 있는 그대로의 내가 좋다. 그렇다고 세상을 향한 이 외침을 멈추겠다는 뜻은 아니다. 나는 계속해서 세상에 알릴 것이다. 내가 여기에 있다고! 그리고 세상이 나를 돌아보고, 내 이야기에 귀 기울일 날을 기다릴 것이다. 내가 빨간색 반다나를 늘 머리에 묶고 다니는 것도 그래서다. 반다나는 내가 나를 다른 사람들로부터 구분하는 장신구이자 투쟁의 상징이다. 우리 모두의 내면에는 속기 쉬운 자아가 있다. 내가 나에 관한 모든 것을 이렇게 대놓고 까발리는 이유도 거짓 자아에 속지 않기 위해서다. 영화 〈제트z〉의 화면 가득한 폭발 장면과 자동차 질주처럼, 나는 나의 부끄러운 부분까지 드러낼 수밖에 없다. 그렇다고 치부를 자랑스러워하는 것은 아니다. 벌거숭이 임금님처럼 그저 있는 그대로의 크리스티앙 파쥬에 관해 말하는 것이다. 이상화된 자아를 자기 자신이라고 믿는 이들에게는 안 된 일이지만, 나는 그들을 믿지 않는다.

때로는 결점 많은 와인이 최고급 와인이 된다. 이것이 소믈리에 직업학교에서 내가 배운 첫 번째 가르침이다.

내 삶의 결정권은
나에게 있다

5

∞

악행을 일삼으면
삶이 지옥이 되고,
선행을 베풀면
반드시 돌아온다.

배낭 없이 보내는 하루

호텔 객실을 나서기 전에, 나는 모든 것이 제자리에 있는지 확인했다. 그런 다음, 문고리에 걸린 객실 상태 안내문을 체크아웃으로 돌려 청소가 가능함을 알렸다. 내가 오늘 묵은 방을 청소하는 사람은 아마도 할 일이 거의 없을 것이다. 욕실 용품은 바구니 안에 정리해두었고, 바닥도 깨끗하게 닦았으니까. 스위스인 노숙인의 몸에 밴 자동반사적 행동이다.

에스컬레이터를 향해 걸으며 나는 마지막으로 복도의 온기를 음미했다. 하늘에서 내려온 천사 덕분에 새로 태어난 듯, 안락한 밤과 행복한 시간을 보냈다. 운이 좋았다. 그의 문 앞에서 기다리고 있다가 하룻밤 더 호텔에서 잘 수 있게 해달라고 부탁을 할 수도 있지만, 그러지는 않을 것이다. 착한 사마

리아인의 호의를 악용해서는 안 된다. 그들이 우리를 도울 만
반의 준비가 되었다고 해도, 서로에게 짐이 되지 않을 정도만
받고, 떠날 수 있을 때 떠나는 게 옳다. 나에게도 무거운 내
삶을 어떻게 타인과 나눠 들겠는가? 이런 이유로 나는 언제
나 도움을 주는 사람에게 짐이 되기 전에 사라진다.

안내 데스크를 지나는데 직원이 나를 불러 세웠다.

"선생님?"

나는 방어할 목적으로 뒤돌아섰다.

"선생님, 괜찮다면 임시 보관소에 가방을 두고 가세요. 낮
동안만이라도."

내 마음이 녹았다. 나는 천사의 얼굴을 쳐다보았다. 밝은
눈과 커다란 미소, 이 모두가 나에게로 향한 것이었다. 그녀
가 아름다워 보였다. 모르고 한 행동이겠지만, 그녀는 방금
나의 하루를 구원했다.

배낭 없이 보내는 하루는 완벽 그 자체였다. 뒤캉 다이어
트Dukan Diet°로 체중이 순식간에 35킬로그램이나 감량된 것

○   프랑스의 영양학자 피에르 뒤캉이 소개한 저탄수화물 고단백질 다이어트.

같았다. 딱딱한 등껍질을 벗자 긴장감이 해소되며 몸도 마음도 홀가분했다. 오랜만에 맛보는 해방감에 나는 어린애처럼 즐거웠다.

천사와의 대화를 마무리짓기 위해 나는 그녀에게 돌아올 시간을 알려주었다. 그러자 그녀는 내가 찾으러 오지 않는 한 배낭은 절대로 움직이지 않을 것이라며 나를 안심시켰다.

젠장, 얼굴이 붉어진 것 같다. 이런 적이 없었다. 나는 안내 데스크 밑으로 사라지고 싶었다. 순수한 사랑처럼 그녀가 내게 보여준 친절함은 일순간에 사고를 방전시킨다. 상냥하고 다정한 말 한마디는 작지만 큰 힘이 있다. 다른 무엇보다도 우리에게 필요한 것이다. 욕실, 침대, 스프와는 무관하지만, 그런 말들은 마음을 따뜻하게 어루만진다.

호텔에서의 하룻밤이 간절했던 다른 날에는, 안소피 라픽스°가 소망을 이루어주었다. TV 방송국에서 만난 다음 날 밤이었다. 그녀는 내가 처한 상황에 무척 슬퍼했다. 그리고 10분 만에 나의 하룻밤을 별세계로 바꾸었다.

○   Anne-Sophie Lapix(1972~), 프랑스 저널리스트이자 뉴스 앵커.

인생을 살다 보면 이렇게 멋진 남녀와 만나는 아침저녁이 있다. 물론 정반대의 경우도 있다. 동전의 앞면과 뒷면 중 어느 쪽과 마주칠지는 아무도 모른다.

호텔을 나서는데 산도 옮길 수 있을 것 같은 기분이 들었다. 배낭이 없으니 어린애처럼 한 발로 깡충깡충 뛸 수도 있었다. 열도 없고 구토감도 없었지만, 펀치를 여섯 잔이나 마신 것처럼 취한 것 같았다. 마음이 진정된 때는 내가 누구이며 어디서 왔는지를 상기시킨 추위를 느끼고 나서였다. 나는 방한복 앞섶을 여몄다. 그리고 첫 번째 식당이 나올 때까지 길을 걸었다.

추락의 이유

거리에서는 쉽게 행복감에 도취될 수 없다. 두려움이나 슬픔을 물리치기 위해 웃을 만한 일을 만들기도 하지만, 언제나 효력이 있지는 않다. 때에 따라서는 다시 웃기까지 상당한 시간이 걸린다.

나는 나심이 뛸 듯이 기뻐하다가 순식간에 무너지던 날을 기억한다. 거리 생활을 청산한 옛 친구에게서 티셔츠를 한 무더기 선물 받은 날이었다. 깨끗이 세탁해 다림질까지 되어 있는 티셔츠는 새 가방에 들어 있었다. 동갑내기 대학생과 동거를 시작한 그 친구에게는 더는 필요하지 않은 옷가지였다. 동거를 시작한 두 사람은 '겨울 서커스' 스쿼트의 탁구 경기에서 만났다.

229

나는 나심이 그렇게 행복해하는 모습을 처음 봤다. 그런데 그가 막다른 골목으로 소변을 보러 간 사이 옷가방이 감쪽같이 사라졌다. 순식간에 벌어진 일이었다. 미소는 온데간데없이 사라지고, 흐느낌이 그 자리를 채웠다. 평소 나심은 감정을 잘 드러내지 않는다. 그런 그가 자존심까지 팽개치고 고통에 몸부림쳤다. 내 앞에라 가능한 일이었다.

나심은 늘 도둑을 맞았지만, 도둑질을 한 적은 없다. 딱 한 번 시도는 했다. 생트마르트 운하에서 누가 놔두고 간 하늘색 오리털 침낭에 욕심이 생긴 날이었다. 하지만 그는 곧바로 마음을 고쳐먹었다. 나심은 양심적인 사람이다. 이 정도면 거리에서는 귀족 작위를 받을 만하다.

그가 알코올에 의존하는 이유는 버티기 위해서다. 나도 그렇다. 그래도 다행인 점은 좀도둑들도 노숙인의 술에는 손을 대지 않는다는 것이다.

∞

선교회의 정신과 의사가 내게 금주를 위해 항우울제를 복용하면 어떻겠냐고 제안한 적이 있다. 충분히 고려해볼 만한 일이었지만 나는 거절했다. 뇌를 교란시켜 슬픔을 억누르고, 약에 취해 잠이나 자며 목숨을 연명하기보다는, 싸구려 맥주를 마시는 편이 낫다는 판단에서였다. 게다가 알코올은 항우 울제와 같은 효력이 있다.

지금 내게 한 가지 문제가 있다면 술을 끊을 의지가 없다는 것이다. 금주를 시도한 적은 있다. 마음속 어린 오케스트라 단장이 들고 일어난 결과였다. 그 일을 통해 나는 내가 얼마 나 자만했는지, 또 얼마나 오만했는지를 깨달았다. 금주를 시 작하고 며칠 뒤, 근육에 경련이 일며 온몸이 사시나무처럼 떨 렸다. 금단 현상이 심했다. 손가락 하나도 까딱할 수 없었다. 친구들은 이런 나를 걱정했고, 한 사람씩 돌아가며 땀에 젖은 내게 이불을 덮어주었다.

결국 나는 생루이 병원으로 이송되었다. 보다 못한 선교회 의 자원봉사자가 구급차를 부른 것이다.

병원에서는 진찰 뒤, 몇 가지 검사가 이어졌다. 결과가 나오 자 담당 의사가 은밀히 나를 불러 다음과 같이 말했다.

"그냥 술을 다시 마시세요."

그날 이후로 나는 프랑프리 슈퍼마켓에 갈 때마다 친구들 에게 이렇게 묻는다.

"약국에 갈 건데, 뭐 필요한 거 있어?"

의사가 옳았다. 나는 술에서 헤어 나올 수 없다. 내가 다시 금주를 시도한다면, 그때는 정말로 사투를 벌이는 일이 될 것이다. 그만큼 죽음이 가까워졌다는 신호다. 겉으로는 내색하지 않지만, 사실은 나도 죽음이 두렵고, 이런 내가 슬프다.

혼자서는 큰 변화를 기대할 수 없다. 그러므로 정말로 술을 끊고 싶으면, 선교회의 정신과 의사를 찾아가 금주를 선언해야 한다. 그러면 의사는 내가 치료를 받을 수 있도록 조치를 취할 것이고, 나는 나심을 비롯한 다른 노숙인들과 동일한 과정을 밟을 것이다. 치료 후 금주에 성공한 몇 안 되는 노숙인에 속하거나, 실패한 다수가 되는 것, 혹은 영영 돌아오지 못한 무리에 끼어 세상과 작별하는 것.

내가 내 몸을 맡길 병원은 자발적 수감자가 들끓는 곳이다. 이들은 정신과 의사, 간호사, 도자기나 그림을 가르치는 자원봉사자의 감시를 받는다. 첫날에는 엄청난 양의 물을 마셔야 하고, 입원 기간 내내 몇 박스의 다아제팜°을 삼켜야 한다. 그 지경이 되어서도 내가 아직 생각이란 걸 할 수 있다면, 아마 다음에 마실 캔 맥주를 상상할 것 같다.

° 벤조디아제핀 계열의 항불안제.

∞

나심은 병원을 뛰쳐나올 것이다. 확실하다. 견디지 못할 테니까. 마지막으로 봤을 때에도 그는 외출을 나와 위스키를 구입했다. 그리고 밤에 가서 마시려고 술을 병원 수풀 속에 숨겨놓았다고 고백했다. 그렇지만 그는 이전보다 술을 적게 마신다. 잘된 일이다. 물론 아직도 마시지만, 이 또한 나쁘지 않다. 그 나이에, 그 건강 상태에, 물만 마신다고 해도 어차피 오래 버티지는 못한다.

나는 나심이 어떻게 해서 술의 노예가 되었는지 안다. 이미 오래전의 일이다. 처음 그는 혼자서 술을 마시기 시작했다. 이때만 해도 알코올 중독이라고는 생각하지 않았다. 가족들과 바캉스를 떠나며 여전히 행복한 나날을 보내고 있었기 때문이다. 알코올 중독자들은 이 시기를 장밋빛 시대라고 부른다. 알코올 중독자들 사이에서 하는 말이다.

나심이 본인의 다리를 제어하지 못하게 된 때는 지금으로부터 10년 전이다. 그는 의지와는 반대로 술을 사러 달려가는 자기 자신을 보고 크게 놀랐다. 그리고 당일 저녁 아내에게 사실대로 고백했다. 물론 한집에 사는 아내가 모를 리 없었다. 책상 서랍과 정원 창고에 빈 술병이 나뒹굴었기 때문이다.

아내는 나심에게 도움을 약속하며 격려를 잊지 않았다. 그러나 첫 번째 치료가 실패하고, 두 번째, 세 번째 치료마저 실패하자 두 사람 사이가 멀어졌다. 네 번째로 금주를 시도한 때에는 아내가 아예 찾아오지도 않고 전화도 걸지 않았다. 시간이 갈수록 고립감은 더해갔다. 다섯 번째 시도조차 실패하고 병원을 나서던 날에는 이미 모든 것을 잃은 뒤였다. 그는 더 이상 중학교 교사가 아니었고, 센생드니 도의회의 교육자 자리도 사라진 지 오래였다. 병원에서 나온 후, 그는 곧바로 집으로 가 짐을 꾸렸다. 아내의 요구가 있기 전에 집에서 나오기 위해서였다.

이후 나심은 천천히 추락했다. 가출 후 처음 1년 동안은 호텔을 전전했다. 음주량이 늘어날수록 호텔 객실 크기가 작아졌다. 그리고 마침내 기초생활수급자가 되었다. 샤토루즈에서 부부가 운영하는 변변한 여인숙을 나온 뒤에는 벨빌의 허름한 호텔에서 바퀴벌레와 침대를 공유했다. 그는 매일 술을 마셨고 노숙인들과 어울렸다. 가끔 그들과 생트마르트 거리의 주차장에서 잠을 자기도 했다. 훗날 이곳은 그의 은신처 중 하나가 되었다. 이후 로제 와인에 렉쏘밀°을 섞어 마시고

○   신경 안정제의 일종.

다리 밑이나 먼저 살던 샌드니의 집 근처 경찰서에서 잠을 깨는 일이 잦아졌다. 아침에 일어나서는 간밤의 일을 전혀 기억하지 못했다. 기억 너머로의 이 여행은 매일같이 반복되었고, 날이 갈수록 정도가 심해졌다. 이렇게 한 발 한 발, 내리막길로 치닫던 나심의 추락은 마침내 지하 3층에서 바닥을 쳤다.

이튿날, 그는 학위와 사진 등 소지품을 가방 두 개에 나눠 담고 거리로 나왔다. 그날 그가 처음 한 일은 생요셉 교회 뒤 수풀 속에 가방을 숨기는 일이었다. 밤을 보낼 장소를 물색하기 위해서였다. 그런데 긴급 구호 시설들이 하나같이 그를 받아주지 않았다. 결국 그는 별다른 성과 없이 교회 뒤의 공원으로 되돌아갔다. 물론 그 사이에 가방은 사라지고 없었다. 그는 가진 전부를 잃고 망연자실했다. 하지만 슬퍼하거나 화낼 겨를도 없이 곧바로 식료품점으로 달려갔다. 호주머니에 남은 돈으로 위스키를 사기 위해서였다.

블랙리스트

오늘 아침은 광장을 어슬렁거리는 노숙인이 거의 없다. 첫 번째 벤치에 세네갈 그룹이 하나, 두 번째 벤치에 노인 한 명, 짐 가방에 둘러싸인 채 자기 자리에 앉은 라피크가 전부다.

나는 이 매력적인 사람들을 말없이 지나, 담장 위 내 자리로 가서 앉았다. 알도가 커피를 들고 주방 문에서 나오는 게 보였다. 그는 나를 보자마자 주저하지 않고 자기 몫으로 들고 나온 커피를 건넸다. 나는 정중히 거절했다. 오늘은 잠들기 전까지 의사가 처방해준 맥주 외에는 아무것도 마시지 않을 생각이다.

휴대폰으로 신문 기사를 읽으려다가 케라를 발견한 나는 그대로 동작을 멈추었다. 케라는 카페 라 사르딘에서 키우는 노견으로 이 구역의 진정한 왕이다. 매일 아침 녀석은 목줄도 하지 않고 혼자서 식당을 나와 산책을 즐긴다. 그러나 콜로넬 파비앙 광장을 넘어서는 일은 절대로 없다. 경계선이 보이지는 않지만 광장을 두고 구역이 나뉜다는 사실을 아는 것 같다. 산책을 마치고 나면 케라는 라 사르딘의 뒷마당으로 돌아가 먹다 남은 밥을 깨끗하게 해치운다. 그러고 보면 사람만 반낭비법을 실천하는 게 아니다.

케라는 코를 바닥에 붙이고 벨빌 거리를 꼼꼼하게 탐색했다. 그러다가 갑자기 고개를 쳐들고 귀를 쫑긋거리며 꼬리를 흔들었다. 특이한 것을 보았거나 흥미로운 냄새를 맡았을 때 하는 행동이다.

"케라! 나의 빛, 나의 영광!"

내가 아는 목소리이다. 나심, 그가 돌아왔다. 나심은 조심스럽게 개에게 다가가 목덜미를 쓰다듬었다. 그리고 한참 뒤에 나를 향해 돌아섰다. 나는 그 즉시 자리에서 일어나 그를 얼싸안았다.

"기다렸어."

"그럴 줄 알았지."

"쫓겨난 거야?"

"응, 이틀 전에."

멀리서 보면 나심은 다른 사람들과 구별되지 않는다. 노란색 상의에 검정색 베레모, 평범한 행인의 모습이다. 그런데 가까이에서 보면 전혀 다르다. 낡은 상의, 창백한 뺨, 누렇게 변한 눈의 흰자위…. 게다가 벌써 한 잔을 걸친 모양새다.

그가 치료를 받다가 쫓겨났다는 사실을 누가 알까? 혼자이고 싶을 때마다 나심이 가서 쉬는 메닐몽탕의 벤치는 알까? 아니면 라 빌레트 대로의 독주에 절은 꼰대들은 알고 있을까? 물론 누가 알고 모르고는 중요하지 않다. 나심의 심장은 아직 뛰고 있고, 그도 자기 안의 박동을 느낀다. 또한 지금 이렇게 우리 앞에 서서 숨을 쉬고 있다. 이것으로 되었다. 그는 로제 와인을 마시던 예전의 나심으로 되돌아왔고, 나를 보고 반가워했다.

"크리스티앙, 실망했어?"

"나심, 그게 무슨 소리야? 넌 쉰일곱 살이야. 그런 네가 너를 위해 한 선택인데 존중해야지. 안 그래? 잘 왔어. 그러면 된 거야."

나심이 가방에서 서류 뭉치를 꺼냈다. 평소에도 그는 셀 수 없이 많은 양의 서류를 가지고 다닌다. 물론 모든 서류는 잘 분류되어 있다. 습관적으로 도둑질을 당하지만 않는다면, 그에게 내 배낭을 정리해달라고 통째로 맡기고 싶을 정도다. 여하튼, 그가 내게 건넨 서류는 퇴출 확인서였다. 지지난 외출에도 나심은 만취해 네 시간이나 늦게 병원으로 돌아갔지만, 정신과 의사는 그의 일탈을 눈감아줬다. 하지만 이번에는 아니었다. 덕분에 나심은 출두 명령을 받고, 고개를 숙인 채 말없이 의사의 말에 고개를 끄덕여야 했다.

지난겨울에도 엇비슷한 일이 있었다. 12월이었고, 엠마우스 쉼터에 방을 하나 얻은 때였다. 그곳에서 그는 스리랑카인에게 프랑스어 수업을 해주고 시리아 사람들의 이력서 작성을 도왔다. 그런데 입주한 지 얼마 안 되어, 밤샘을 하던 경비원과 말다툼을 하고 쫓겨났다. 이 일로 그는 겨울을 따뜻하게 보낼 기회를 영영 잃었다. 그는 다시 배낭을 메고 거리로 돌아왔고, 늘 그랬듯 가진 것을 모두 도둑맞았다. 그리고 같은 날 저녁, 파리의 쉼터들이 그의 이름을 블랙리스트에 올렸다는 사실을 알았다. 선교회의 한 자원봉사자에게 들은 이야기였다. 파리의 쉼터들은 도발자의 정보를 공유하고, 블랙리스트에 오른 사람에게는 두 번 다시 방을 내주지 않았다. '나쁜 일은 언제나 편대 비행을 한다'는 자크 시라크°의 말처럼, 그

°   Jacques Chirac(1932~2019). 전 프랑스 대통령.

를 받아주는 병원도 더는 없다. 나는 그의 퇴출 확인서를 소리 내어 읽었다.

"나심은 온갖 방법을 동원해 무단으로 술을 마셨다. 우리는 금주 의지가 없는 환자의 치료와 간호를 지속해야 할 의무가 없다. 그의 금주 능력은 이제껏 과대평가되었고⋯."

"유려한 문체야."

그가 농담을 던졌다.

"꽤 긴데? 그래도 이건 알겠다. 쫓겨났다는 거. 여하튼, 형제, 거리로 돌아온 걸 환영해. 내 집이다 생각하고 편히 지내. 나갈 때 불을 끄는 걸 잊지 말고."

나심이 담배꽁초를 손가락으로 튕겨버리자, 케라가 자세를 바꾸어 등을 대고 누웠다. 배를 쓰다듬어 달라는 신호였다.

"케라가 우리보다 나은 거 같아. 차라리 개로 살걸 그랬어."

"나심, 그건 아니지. 난 아직 네 발로 걷고 싶지는 않아."

"그래? 난 할 수만 있다면 그러고 싶어."

나심은 크게 상심한 것 같았다. 약도 더는 소용이 없다니⋯. 오늘의 나심은 어제의 나처럼 슬프고 그늘져 있었다. 갑자기 나심이 벌떡 일어났다. 그리고는 벤치로 걸어가 쓰레기통을 비집고 튀어나온 나사못에 플뢰르 도니옹 술병의 마개를 두드려 땄다.

소량의 분홍빛 액체가 배수구로 빠져나가는 것을 보고 내가 말했다.

"다음에는 병따개를 선물해줄게."

"친구, 괜한 짓 하지 마. 병따개 때문에 괜히 팬티까지 도둑맞으면 어떻게 하라고. 그나마 남은 품위까지 잃고 싶지는 않아."

그는 늘 완벽한 어휘력을 구사한다. 그것도 상당히 격조 있는 프랑스어에 길바닥 언어를 적절히 섞어서. 5년 만에 비속어의 대가가 된 전 불문학 교사다.

나심은 치료 기간 내내 흰 작업복 차림의 사람들에게 감시를 당했다. 자살을 우려한 배려였다. 그러나 나심이 어떤 사람인지 알았다면 불필요했을 행동이었다. 무직자이고 우울하고 절망적인 삶을 살지만, 그는 누구보다도 목숨을 귀하게 여긴다.

"치료는 더 이상 안 받아. 두 번 다시 안 해. 이걸로 끝이야. 약도 끝이고, 산책도 끝이고, 굴욕도 끝이야. 그냥 죽을 때까지 술 마실래."

"원하는 대로 해. 나중에 네가 죽으면 내가 무덤으로 꽃을

사들고 갈게. 무슬림 묘지로."

"아냐, 거긴 안 갈 거야. 지옥에도 안 갈 거고. 가봤자 쫓겨날 테니까. 난 극빈자들이 묻히는 묘지에 갈 거야. 적어도 거기서는 아무도 나를 건드리지 않겠지."

"그렇게 해, 형제."

"무덤에서 행여 내 이름을 부르며 울지는 마. 대신 보들레르의 〈알바트로스L'Albatros〉를 읽어줘. 그리고 관 위에 내가 제일 좋아하는 책을 놔줘."

"콘래드°의 〈청춘Youth〉?"

"응, 그러면 무덤 속에서 독서를 하며 지낼 거야."

나심이 자기 무덤 위에 놓아달라던 콘래드의 책은, 거리로 나앉기 전의 추억이 담긴 마지막 물건이다. 매트리스 밑에 숨겨놓지 않았다면 벌써 도둑을 맞아 사라졌을 책이다.

○　　Joseph Conrad(1857~1924), 폴란드 출신의 영국 소설가. 해양 문학의 대표적인
　　　작가다. 저서로 《노스트로모Nostromo》 《암흑의 핵심Heart of Darkness》 《로드 짐Lord Jim》
　　　등이 있다.

잘못된 기사와 라디오의 자식

"〈르 몽드Le Monde〉 지를 또 샀어? 쯧쯧, 넌 방금 쓰레기통에 2유로를 버린 거야."

"그런 소리 마. 나한테는 휴대폰이 없잖아. 그런데 이것 좀 봐, 아마 너도 재미있어 할 걸."

나심이 〈르 몽드〉 지의 4면에 실린 헤드라인 기사를 보여주었다. '파리에는 최소한 3,624명의 노숙인이 있다'는 것이었다. 나심의 말처럼 흥미로운 기사였다. 나는 신문을 그에게 돌려주고 휴대폰을 꺼냈다. 같은 기사를 온라인으로 읽기 위해서였다. 그런데 하필이면 유료 기사였다. 이번에는 나심이 이겼다. 자존심이 상하지만 어쩔 수 없었다. 그가 다 읽을 때까지 얌전하게 앉아 기다릴 수밖에.

보도에 따르면 집계된 노숙인의 수는 기자들이 직접 시내를 돌며 셈한 것이었다. 발상은 흥미롭지만 바보 같은 짓이었다. 나나 다른 노숙인에게 물었다면 훨씬 편하게 정보를 얻을 수 있었을 테니까. 게다가 이런 조사는 가을에 해야 된다. 겨울에는 거리에 노숙인이 거의 없다. 나는 지난 몇 주를 되짚어 생각해보았다. 그런데 아무리 생각해도 나를 집계에 포함시킨 기자가 없었다. 기사 내용을 자세히 읽기 전에 나는 직접 조사를 해보았다.

"라피크?"

"왜?"

"넌 이 숫자 안에 들어갔어? 그저께나 지난주에 널 세러 온 사람이 있냐는 말이야."

"응?"

"너를 세러 온 사람을 봤냐고."

"어, 아니…. 왜?"

내 생각이 맞았다. 그들은 라피크를 놓쳤다. 가로등 불빛 아래서 잠자던 그를! 이것은 기자들이 파리와 도시 외곽의 숲에서 생활하는 노숙인의 절반을 놓쳤음을 의미한다. 나처럼 숨어서 자는 사람들을 전부 다 지나친 것이다. 나는 다시 기사로 눈을 돌렸다. 그런데 시작부터 마음에 들지 않았다. 기사대로라면 파리 동부의 노숙인 수는 100명이다. 도저히 산출될 수 없는 수치다. 파리 동부에는 기차역만 해도 세 개나 된다. 근시안인 나도 한 시간 내에 동역 한 곳에서 두 배로 많은 노숙인을 찾아낼 수 있다.

"나심, 이걸 봐. 13구에 715명의 노숙인이 있대! 정말 웃긴 놈들이야."

"맞아, 나도 봤어. 분명 이탈리 광장을 슬쩍 돌아보고, 따뜻한 데를 찾아 들어갔을 거야."

내가 휴대폰을 꺼내자 나심이 빈정대는 시선으로 나를 쳐다보았다. 하지만 그는 내가 SNS 덕분에 연명한다는 사실을 안다. 그래서 동의는 못 해도 존중은 해준다. 나심에게는 휴대폰이 없다. 그가 정보를 얻는 매체는 가끔 들여다보는 신문과 소형 라디오가 전부다.

나심이 거리에 나타나면 라디오에서 밤새 음악이 흘러나온다. 프랑스 앵테르, 프랑스 퀼튀르, 라디오 클래식, 라디오 노바 등 나심은 온갖 채널을 청취하고, 플래시백, 토론, 가십에 이르기까지 안 듣는 게 없다. 프랑스 국회에서 논의 중인 법안에 관해서도 모르는 것이 없고, 정무 차관의 일거수일투족을 꿰뚫고 있다. 하지만 장관들의 낯짝에는 영 관심이 없다. 누가 누구인지 모르고, 스스로가 이런 자신을 자랑스러워한다. 그래서 우리는 가끔 재미난 놀이를 한다. 그가 상상한 대로 남녀 정치인의 모습을 묘사하면, 내가 휴대폰 화면에 뜬 사진을 보고 맞는지 틀리는지 얘기해주는 놀이다. 나심은 정치인들의 얼굴, 몸, 목소리까지 못 지어내는 게 없다.

목소리와 목소리가 갖는 감성은 라디오를 통해 가장 잘 드러난다. 나는 FIP° 진행자가 살짝 떨리는 목소리로 이렇게 속삭이는 걸 좋아한다. "자정입니다. 아직 잠자리에 들지 않는 여러분을 위해 오늘은 니나 시몬°°의 노래를 소개할까 합니다." 특정 목소리의 팬이라는 사실이 이상하게 들릴 수도 있지만, 그럼에도 나는 휴대폰 배터리가 다 닳을 때까지 라디오를 들으며 좋아하는 목소리를 자장가 삼아 잠이 든다.

나에게 라디오는 일상에 소소한 기쁨을 주는 편의물이지만, 나심에게는 불같은 열정이다. 모로코의 한 청년이 트랜지스터 라디오에서 흘러나오는 1980년대 히트곡을 듣고, 라디

---

o   France Inter Paris의 약자. 1971년에 설립된 프랑스 라디오 네트워크.

oo   Nina Simone(1933~2003), 미국의 재즈 음악가. 인종 차별을 반대하는 노래들을 부르며 미국 내 공민권 운동에 큰 영향을 미쳤다.

오로 들은 노래를 직접 듣기 위해 프랑스로 건너올 꿈을 꾸었기 때문이다. 그가 가끔 수상한 눈초리로 내 휴대폰을 들여다보며 '라디오의 자식'이라고 놀리는 것도 바로 그런 이유다.

∽

11월의 어느 날, 나는 나심을 라디오 방송국으로 초대했다. 그가 마지막으로 알코올 중독을 치료하기 위해 병원에 들어가기 몇 주 전이었다. 나는 나심이 좋아할 거라고 생각했다. 예상대로 나심은 뛸 듯이 기뻐했다. 그가 그렇게 행복해하는 모습은 처음이었다. 그날 오후 여섯 시에 나는 한파를 주제로 인터뷰를 할 예정이었다. 나심과 나는 한산한 전철을 타고 라모트피케까지 갔다. 라모트피케에서 비르하켐까지 걷는 동안, 나심은 파시에서 보낸 젊은 시절을 이야기했다. 당시 그는 파시에서 무료로 하숙을 하며 대학에 다녔다. 동기의 부친이 센강이 보이는 방을 빌려준 덕분이었다. 나심은 이에 대한 보답으로 한동안 그의 인쇄소에서 일했고, 첫 월급으로 라디오 수신기를 장만했다.

웃으며 지난날을 이야기하는 나심을 보자 나도 덩달아 기분이 좋았다. 나는 그가 파리에서 보낸 20년을 회상하는 동안 함께 감회에 젖었다.

문제는 라디오프랑스에 도착하고 나서 생겼다. 경비원들이 나심을 안으로 들어가지 못하게 막은 것이다. 내가 나심을 '열정적인 라디오프랑스 애청자'라고 소개해도 소용없었다. 아무도 그가 누구인지 궁금해하지 않았고, 쓰레기를 내다 버리듯 쫓아냈다. 인터뷰가 끝나자마자 나는 나심을 찾으러 밖으로 나갔다. 그는 시뉴섬°에서 젖은 눈으로 센강을 응시하고 있었다. 로제 와인 병 안에서는 코르크 마개가 위태롭게 출렁였다. 어느새 나심의 얼굴은 해맑게 웃던 종전과는 정반대로 변해 있었다. 그런 그의 모습은 내 마음을 무척 아프게 했다.

내가 사과를 하자, 나심은 괜찮다며 고개를 저었다. 그러나 그날 이후 8일이 지나도록, 나는 그를 보지 못했다.

○   센강 하류의 인공섬.

노숙인의 여름

천천히 하루가 가고 있었다. 우리는 날씨 이야기를 했다. 저마다 한파에 관해 한두 마디 거들며, 마음속으로는 하루빨리 날씨가 따뜻해지기를 고대했다. 그러다가 토론의 주제가 자취를 감춘 꿀벌과 참새 이야기로 바뀌었다. 거리에서 먹고 자는 사람들은 환경에 은근히 관심이 많다. 담배를 돌려 피우며 잠시 대화가 활력을 잃었다. 하지만 곧 지나가는 사람들의 옷차림을 주제로 활발히 대화가 재개되었다. "저기 세 번째 남자를 봐. 긴 막대기 끝에 성조기를 달고 가는 저 남자 말이야. 가방이 인조 가죽 같지?" 이럴 때면 모두가 패션쇼의 귀빈석으로 순간 이동을 한다.

이웃 여자가 작업실에서 쓰레기통을 들고 나왔다. 방금 잠에서 깬 듯, 그녀는 수세미 같은 머리를 하고 있었다. 나심이 그녀를 불러 세웠고, 이때부터 흥미진진한 토론이 시작되었다. 나심이 먼저 피카소가 아프리카 예술을 모방했다고 쏘아붙였다. 그러자 그녀가 모방이 아닌 영감을 받은 것뿐이라고 받아쳤다. 나심은 마땅히 할 말이 없었는지 이렇게 소리쳤다. 자기는 대머리를 싫어한다고. 그러고는 한바탕 웃음을 터트렸다. 오랜만에 듣는 그의 웃음소리였다.

나는 피카소를 좋아한다. 생미셸 보도 위에 분필 그림을 그릴 때 그는 나의 영감의 원천이었다. 사실, 피카소보다는 클림트를 더 좋아하지만, 황금색 물감 없이는 클림트에게 경의를 표할 수 없다.

내가 분필로 피카소풍 그림을 그리던 시절, 생미셸 분수대 맞은편에는 나를 매혹시킨 한 남자가 있었다. 세르비아에서 파리까지 걸어서 왔다는 그 친구는 어딘가 신비로운 구석이 있었다. 그는 태양을 재료 삼아 그림을 그렸다. 돋보기로 한점 한점 골판지를 태워서 오페라와 그랑 팔레, 보쥬 광장 등 파리의 기념비적인 장소들을 작품으로 옮겼다.

많은 이가 내가 그린 프레스코화에 관심을 가졌지만, 이상하게도 그의 작업은 인기가 없었다. 하지만 나는 그런 그의 작품을 남몰래 흠모했다. 내게 그는 진정한 예술가였다. 그가 다른 시대에 부자로 태어났다면 뉴욕이나 도쿄에서 전시회를 열었을 것이다. 그러나 그는 가난했고, 가난한 다른 예술가들처럼 골판지에 새긴 자기 작품을 헐값에 팔았다.

햇볕을 재료로 하는 작업이기에, 그가 예술에 몰두하는 기간은 여름이 전부였다. 그것도 해가 뜬 화창한 날에만 가능했다. 맑은 날이면 그는 분수대 근처 양지바른 곳을 찾아다니며 해질녘 피부가 벌겋게 탈 때까지 온종일 그림을 그렸다. 그런데 언젠가부터 그가 보이지 않았다. 나는 별로 놀라지 않았다. 그가 피부암으로 죽었다고 해도 마찬가지였을 것이다. 그는 자외선 차단제도 바르지 않고 하루 종일 땡볕 아래서 그림을 그렸으니까.

∽

여름에는 파리도 적잖이 덥다. 온종일 밖에서 지내는 나는 여름철이면 피부가 까맣게 탄다. 이런 나를 보고 사람들은 "크리스티앙, 휴가 때 어디 좋은 데라도 갔다가 온 거야?" 하고 묻는다. 그러면 나는 이렇게 대답한다.

"응, 이번 여름에는 이비사섬에 다녀왔어."

여름은 양날의 검과 같은 계절이다. 도시는 텅 비고, 노숙인들은 숨통이 트인다. 여름이 오면 노숙인들은 화창한 날씨를 즐기며 티셔츠 차림으로 잠을 잔다. 오염된 옷을 공원으로 가져가 세탁하고, 평화로이 앉아 세탁물이 마르기를 기다린다. 한편, 여름은 자원봉사자들이 휴가를 떠나 센터가 전부 문을 닫는 계절이다.

이런 이유로 여름이 되면 노숙인들은 다시 거리를 전전하며 구걸을 복습한다. 어제에 이어 오늘도 샤워를 할 수 없고, 내일이라고 사정이 달라지지는 않는다. 이런 상태로 파리에서 8월을 보내다보면 그나마 남은 자존감이 바닥에 떨어진다. 삼복더위의 노인처럼 탈수 증상에 시달리다가 옴짝달싹 못하고 혼자서 눈을 감는 경우도 있다.

내가 다른 계절보다 여름에 몸을 더 사리고, 잊지 않고 물을 챙겨 마시는 것도 이런 이유다. 그렇지만 여름은 여름만의 매력을 갖고 있다. 그중에서도 가장 마음에 드는 것은 배낭의 무게가 가벼워진다는 점이다. 그것도 자그마치 20킬로그램이나 줄어든다. 5월 초가 되면 나는 배낭을 비운다. 일종의 봄맞이 대청소다. 당분간 필요하지 않은 물건은 성녀 마르틴 집에 맡긴다. 다른 노숙인들은 옷가지를 버리거나, 아무도 찾지 못할 장소에 숨긴다. 그리고 자기도 영영 찾지 못한다.

예전에는 지금과 달랐다. 가난한 사람들은 옷가지와 결코 헤어지지 않았다. 셋방의 붙박이장 문이 닫히지 않아도 그들은 겨울옷을 버리는 대신 겹겹이 껴입었다. 혁명 이후, 파리에는 기아에 시달리다가 죽은 수많은 극빈자가 있었다. 이들은 물에 젖은 옷을 일곱 겹이나 껴입고 변사체로 발견되었다. 더위에 죽었던, 배고픔에 죽었던, 사망 후 모두 다리 위에서 센강으로 던져진 사람들이었다.

인생은 놀라움

담장 끝, 우리와 멀지 않은 곳에서, 교외에서 온 뜨내기 둘이 어슬렁거렸다. 그들은 오줌 냄새와 대마초 냄새가 풍기는 막다른 골목에서 축구를 했다.

나심은 못마땅한 눈으로 그들을 쳐다보았다. 그는 보수적이라서 비행 청소년들을 그냥 두고 보지 못한다. 이런 면에서 보면, 거리는 그에게 할 일이 많은 재미난 곳이다. 추리닝 차림의 아이들이 그를 치고 사과도 없이 지나가면, 나심은 아이들을 잡아 세우고 이렇게 말한다.

"선생님, 안녕하세요?"

사실 불량 청소년에 대한 나심의 간섭은 아이들에 대한 애정에서 비롯된다. 센생드니에서 교사였던 시절에 가르치던

학생들처럼, 선생님 놀이를 하며 거리의 아이들을 챙기는 것이다.

"크리스티앙, 프랑스는 이제 희망이 없어. 저렇게 어린 애들을 막 길에 내다버리잖아."

나심이 말했다.

"나심, 그건 너무 비관적이야."

내가 반박했다.

"마음대로 생각해. 그런데 올 겨울은 또 어떻게 나냐? 전철에 무임승차하는 것도 이젠 지겨워."

나심은 파리교통공사 직원들을 두려워하는 유일한 노숙인이다. 파리에 안전 강화 조치가 발령된 이래로 평소보다 많은 수의 교통공사 직원들이 나와 지하철 통로를 막고 있다. 그러나 그들은 우리를 제지하지 않는다. 그들과 우리 사이에 드물게 존재하는 평화협정이다. 그래서 일반인들이 검문을 받을 때에도, 나는 그 대상에서 제외된다. 검문 장소를 지나 뒤돌아보면, 매번 같은 장면이 펼쳐진다. 처음에는 파리 시민 모두가 고분고분 검문에 응한다. 어른, 아이, 노인 할 것 없이 마찬가지다. 그러나 잠시 후면 모두 신경질을 부리기 시작한다. 공격적인 어투로 꼬치꼬치 캐묻는 녹색 옷차림의 사내들이 신경에 거슬려서다. 항의를 해봤자 소용없음을 모두 알고는 있지만, 그렇다고 자기주장을 펼치는 목소리가 작아지지는 않는다. 항의를 위해 항의하고, 항의라는 행위 자체를 즐기는 것이 파리 시민의 오래된 특징이다.

나는 이렇게 자유분방하고 수다스러운 파리 시민이 좋다. 예전에 함께 일하던 종업원도 그랬다. 그는 고상한 부류의 사람이었다. 못마땅한 표정 짓기가 특기였고, 자기는 파리지앵 카페 종업원이지 그냥 종업원이 아니라고 주장했다. 언젠가 그를 오스만 대로에서 마주친 적이 있었다. 그는 나를 알아보지 못했다. 둘을 위해 다행스러운 일이었다.

나심이 내 휴대폰을 슬쩍 빼앗아갔다. 음악 검색을 하기 위해서였다. 하지만 그는 곧 포기 선언을 했다. 사용법을 몰랐기 때문이다. 그런 그를 위해 나는 검색창에 '전주곡'과 '바흐'를 입력했다. 나심이 찾으려 한 곡이었다.

이 곡과 관련된 일화가 하나 있다. 그날 그는 트랜지스터 라디오로 바흐의 〈무반주 첼로 조곡The Six Cello Suites〉을 감상하고 있었다. 이때 지나가던 한 부인이 걸음을 멈추고 상냥한 어투로 그에게 말했다.

"아랍인이 클래식 음악을 좋아하는 건 처음 봤어요."

나심이 정중하게 맞장구를 쳤다.

"아, 그렇습니까? 그래서 인생이 놀라움으로 가득하다는 건가 봅니다. 저도 방금 굉장히 놀랐거든요. 당신처럼 고귀한 신분의 여자가 저 같은 원숭이에게 다가와 말을 걸어서요."

다양성

광장의 최고참이 커다란 외투를 걸치고 나타났다. 그는 키가 무척 크고, 노화로 등이 살짝 굽었다. 그의 뒤로 한 소년이 보였다. 광장의 최고참보다 키가 훨씬 작고, 처음 보는 얼굴이었다.

"안녕, 크리스티앙."

"안녕하세요, 시장 나리."

"안녕, 나심, 돌아온 거야?"

"다 코스타, 잘 지내지?"

안부를 묻자, 그는 다른 노인들과 마찬가지로 건강상의 문제가 조금 있고, 추워서 고생스럽다며 포르투행 비행기에 뛰어오르고 싶다고 말했다. 사실 그는 비행기 공포증이 있다.

노숙인들은 이 점을 다행으로 여겼다. 그가 떠나면 생트마르트 광장은 거목을 잃는 셈이기 때문이었다. 게다가 그는 포르투갈에 가도 편안히 지낼 리 없었다. 고향 기니비사우에서 사용하는 기니비사우식 포르투갈어를 제외하고는, 모국에 관해 아는 게 하나도 없어서였다. 그래도 그는 포르투갈인이다. 기니비사우가 포르투갈로부터 독립하기 전에 태어난 까닭이다.

"나심, 프랑스에 온 지 얼마 안 된 남자애가 있는데, 프랑스어를 가르칠 사람이 필요해."

시장 나리가 뒤돌아서서 데리고 온 소년에게 가까이 오라고 손짓을 했다. 하지만 소년은 꿈쩍하지 않았다. 나심과 내가 무서운 것 같았다.

"나한테 가르쳐달라는 거죠?"

나심이 관심을 보였다. 사실 그는 코안경을 걸치고 윗옷 안주머니에서 만년필을 꺼내는 걸 좋아한다. 그러려고 태어난 사람 같다. 가끔 폼을 잡지만 그는 훌륭한 교육자다. 나심은 선교회에서 중국인에게 프랑스어 수업을 해주고, 아랍 고전을 프랑스어로 옮기는 일을 도왔다. 바캉스를 떠난 선생님이 여행지에 도착하자마자 학생들을 보고 싶어 하듯이, 그에게는 교사가 천직이다.

나심은 광장에서 매우 소중한 존재다. 자원봉사자들도 그를 무척 좋아한다. 그래서 많은 사람이 그를 도울 방법을 궁리하고, 프랑스어 레슨을 제안한다. 이것은 그가 프랑스어를 가르쳐주며 타인을 도왔기 때문만은 아니다.

선교회는 거리를 벗어나려는 이들에게 큰 힘이 되는 장소다. 주방의 심부름꾼들도 모두 노숙인 출신이다. 나심이 매번 거절한 자리다. 그는 다른 방식으로 거리를 떠나고 싶어 한다. 사실 나심과 나는 아직까지도 제 몸 하나 건사하지 못한다. 한마디로 타인을 보살필 준비가 안 된 것이다. 이런 사람은 어딘가에 고용될 자격이 없다. 실망감을 안겨줄 수 있기에, 고용주가 친구라면 더더욱 그렇다.

"아프가니스탄에서 왔다고요? 남자애 이름은 뭔데요?"

"젠장, 이름과 나이를 듣긴 들었는데 잊어버렸어. 운하에서 만난 뒤로 계속 날 따라다녀."

"운하에서요? 거기서 애가 혼자서 뭐하고 있었대요?"

아프가니스탄에서 온 사람들은 대부분 동역에서 내리고, 늘 혼자가 아니다. 이들은 항상 소규모로 그룹 지어 다니고, 모두 남성이며, 철수하기 전까지 다 함께 노숙을 한다. 그러나 거리가 어디인가? 별의별 일이 다 일어나는 곳이 바로 거리다. 그래서 종종 길을 잃고 에리트레아인 무리에 낀 시리아인과, 방글라데시인 사이에서 길을 잃은 소말리아인을 발견하게 된다. 다양한 국적의 사람들로 구성된 그룹은 대부분 서로에게 무관심하다. 이 부주의함이 이번에는 어린 아프가니스탄 남자애를 포르투갈 국적의 기니비사우 노인 손을 지나, 아랍과 스위스가 모국인 나심과 나에게로 오게 했다.

한번은 감비아에서 온 스무 살 청년을 만난 적이 있다. 그는 생존을 위해 대마초를 파는 밀매꾼이었다. 그는 북아프리카 사헬을 도보로 횡단해 리비아까지 갔다. 프랑스로 오기 위해서였다. 당시 리비아는 내전이 한창이었다. 이곳에서 그는 거금을 주고 배에 올랐다. 그런데 중간에 모터가 고장이 났다. 이날 그는 신에게 밤새 기도를 했다. 결국 신은 그의 부름에 응답했고, 배는 바람에 실려 기적처럼 이탈리아에 도착했다. 그는 모터가 고장나던 날 밤, 죽음을 목격했다고 말했다. 뱃전에는 여자와 아이들의 비명 소리가 가득했고, 악몽은 영원히 끝나지 않을 것 같았다고 했다. 이렇게 어마어마한 시련을 겪은 청년이었지만, 그는 고생한 티가 전혀 나지 않았다. 감비아 청년의 이야기를 들으며, 나는 마음속으로 기도했다. 4년을 걸려 이곳까지 온 그를 불법 체류자라는 명목으로 체포하지 말기를. 비행기로 4시간이면 도착하는 고향 감비아로 돌려보내지 않기를…. 강제 추방이야말로 그를 진짜로 죽이는 짓이다.

∽

지난달, 어떤 여자가 내 앞을 지나가며 신경질적으로 말도 안 되는 말을 내뱉었다.

"프랑스인이 노숙을 하다니! 정상이 아니야!"

나는 그녀의 말에 동의했다. 그리고 정확히 말하자면 나는 프랑스인이 아니라고 대답했다. 내 말을 알아듣지 못한 듯, 그녀는 장바구니를 들고 투덜거리며 사라졌다. 사실 많은 사람이 그녀와 같은 생각을 한다. 이것이 우리가 사는 시대다. 나심이 말했듯 퇴보가 당연시되었다.

그러나 여기, 프랑스 파리에서는 그런 말은 절대 하지 말아야 한다. 금발에 파란 눈을 한 내가 스위스에서 파리로 건너왔을 때, 가장 매력적으로 다가온 점은 여러 인종이 뒤섞인 도심의 다채로운 모습이었다. 파리에서 처음으로 본 콘서트도 세르주 갱스부르°의 콘서트였다. 당시 스무 살이었

°   Serge Gainsbourg(1928~1991). 러시아계 이민자의 아들로, 프랑스의 대표적인 싱어송라이터이자 배우다.

던 나는 갱스부르가 자메이카에서 녹음한 〈라 마르세예즈La Marseillaise〉°에 맞추어 수천 명의 사람과 함께 몸을 흔들며 춤을 추었다.

여기 벨빌에서도 그런 말은 하지 말아야 한다. 벨빌은 멍청한 인간들에 맞선 시대의 마지막 보루였다. 아무 의미가 없는 곳이 절대 아니었다. 내전을 피해 도망친 스페인 이민자들에게 제일 먼저 빈집을 내준 곳도, 혁명 정부 시절 베르사유 사람들에 맞서 마지막까지 바리케이드를 거두지 않은 곳도 바로 이곳이었다.

우리는 벨빌에게 환영받았다고 믿는다. 폴란드인, 미국인, 유대인, 집시, 아랍인, 중국인 등 전 세계에서 온 이민자들은 모두 이곳을 거친다. 말리인이 '우리는 함께 있다'고 외쳤던 것처럼, 우리 모두는 같은 배를 타고 있다. 물론 세상이 다르게 돌아갈 때도 있다. 모두가 이 말에 동의하는 것은 아니다. 하지만 우리는 '하나'이고, 이것은 진실이다. 사람이 아름다워 보일 때는 모두가 하나임을 일깨우는 말과 행동을 주고받을 때다. 나는 벨빌이라는 우리의 이 바벨탑이 월로프어

○   프랑스의 국가.

Wolof°, 베를랑어Verlan °°, 아랍어, 티티어Titi °°°, 나의 모국어로 언제까지나 다채롭기를 바란다. 이 다양성이 불편하다면, 불편한 사람이 이곳을 떠나면 된다. 간단한 일이다.

°   세네갈, 감비아, 모리타니에 거주하는 아프리카 종족이 쓰는 언어.
°°   1970~1980년대 프랑스 외각에서 등장. 단어의 음절을 뒤집어 말하는 은어의
      일종.
°°°   교외 청년 노동자들이 사용하는 비속어.

종교

오늘은 세탁을 할 예정이었지만, 늘 그렇듯 마음대로 되는 일이 별로 없다. 저녁 식사까지 한 시간밖에 남지 않았다. 그러나 한 시간 안에 배가 고플 것 같지는 않다. 알도가 일을 시작하기 전에 담배를 피우려고 주방문을 열고 나왔다. 그가 수첩에 적힌 오늘의 메뉴를 보여주었다. 거위 간 샐러드에 송아지 쿠스쿠스°, 생트마르트식 메르게즈, 에멘탈 치즈°°, 요거트.

"샐러드라고? 알도, 내가 토끼인 줄 알아?"

° 좁쌀 모양의 파스타에 송아지 고기를 곁들인 요리.
°° 스위스 에멘탈 지방에서 생우유를 가열·압착해 숙성시킨 하드 치즈.

"크리스티앙, 똥 싸는 소리 그만해."

나심은 만족스러운 표정이었다. 그에게 쿠스쿠스는 프루스트의 마들렌이다. 나심은 곧 어머니를 만나러 갈 것이다. 어머니가 노령인 데다가 아들들이 모두 프랑스에 있어서 못 본 지 오래되었기 때문이다. 비행기 티켓값이 모이는 대로 그는 카사블랑카로 가서, 본가에서 한두 달 묵을 예정이다. 나는 나심이 가지 않기를 바란다. 그를 위해서는 다녀오는 게 좋지만, 나는 그가 영영 돌아오지 못할까 봐 두렵다. 언제 어떻게 될지 모르는 것이 사람의 목숨이니까. 하지만 그는 이제까지 늘 우리 곁으로 되돌아왔고, 나처럼 파리를 고향보다 편하게 여긴다. 어느새 둘 다 파리 동부에 뿌리를 내린 정착민이 된 것이다.

알도가 우리의 생각을 읽었는지 이렇게 물었다.

"나심, 랭스에 형제가 있잖아. 이젠 거긴 안 가?"

"가봤자 화만 날 텐데 거긴 뭣 하러가! 놈은 제정신이 아니야. 온종일 아랍 채널만 들여다보고, 책은 아예 거들떠보지도 않아. 터키 드라마와 이집트 드라마 광이야. 게다가 본 걸 또 봐. 부둥켜안은 남녀 주인공을 욕하면서."

6년 전, 나심의 형제는 급진적 이슬람으로 전향했다. 이후 그의 아내는 차도르를 뒤집어쓰고 외간남자에게 얼굴을 보일 권리를 빼앗겼다. 그렇다고 이전과 크게 달라진 점은 없었다. 외동아들이 죽은 뒤 이미 세상과 교류를 끊었기 때문이다. 나는 그들의 아들이 어떤 일을 했는지 모른다. 다만 그가 어느 날 갑자기 사라졌고, 시리아에서 미국인에게 피살당했다는 사실만 들어서 안다. 그때까지만 해도 부부는 아들이 두바이에서 친구와 함께 기술자로 일하며 경력을 쌓고 있다고 믿었다. 그런데 아들과 함께 두바이에서 일한다던 친구가 전화를 걸어, 아들이 '순교'했다고 전한 것이다. 며칠 뒤, 마이크를 단 카메라 부대가 현관 앞으로 몰려들었고, 나심은 그날 부부가 한번 더 아들을 잃었다고 말했다.

〰

거리에서는 종교 문제로 다툼이 일지 않는다. 종교란 우리와는 무관한 다른 세상의 일이다. 딱 한 번, 귀찮은 문제가 일어난 적은 있다. 비샤 거리에서 만난 네 명의 사내 탓이었다. 그들은 모두 턱수염을 기르고 있었고, 우리를 보자 일제히 눈에 경련을 일으키며 설법을 펼쳤다. 우리는 그들의 말에 배꼽을 잡고 웃었다. 선교회에서 들은 설교가 떠올라서였다. 그들과 선교회 사람들 모두 죄, 지옥, 믿음, 천국이라는 단어를 사용했지만, 전부 우리와는 아무 관계가 없었다.

나는 종교와 친분이 두터운 사람이 아니다. 어떤 종교든 같다. 그러나 강요만 없다면, 세상 모든 종교를 수용할 수도 있다. 처음에는 턱수염을 기른 사내들의 이야기가 재미있었다. 덕분에 즐거운 시간도 가졌다. 그런데 그들이 우리에게 금주와 금연을 권하며 분위기가 험악해졌다. 노숙인들은 섣부른 충고를 싫어한다. 우리에게도 우리만의 교리가 있고, 누구도 타인의 선택을 두고 비난을 퍼부을 권리는 없기 때문이다. 결국 우리는 턱수염을 기른 사내들을 쫓아냈다. 그리고 일주일 뒤, 테러가 발생했다. 2015년 11월 13일의 일이었다.

나는 천국도 지옥도 믿지 않는다. 내게 종교가 있다면, 그 것은 단 몇 줄로 요약될 만큼 단순하다. 첫째, 인간은 모두 한 번밖에 살지 못한다. 둘째, 시련이 닥친다고 전부 다 죽지는 않는다. 셋째, 모든 인간의 마음속에는 천사와 악마가 공존한다. 거리에서 가장 중요한 교리는 악행을 일삼으면 삶이 지옥이 되고, 선행을 베풀면 반드시 돌아온다는 것이다. 이것은 당연한 논리일 뿐, 종교는 아니다. 누가 가르친다고 배울 수 있는 것도 아니다. 나 또한 혼자서 터득했다. 앞으로도 나는 내 인생의 결정권을 다른 사람에게 넘길 의 향이 없다.

아르튀스

어둠이 내리고, 마침내 문이 열렸다. 광장에 있던 사람들도 모두 집으로 돌아가고, 거리에는 남녀 한 쌍뿐이다. 모두가 시장기를 느낄 시간이다. 알도는 밀려드는 노숙인들을 팔뚝으로 막으며 선교회 문지기 역할을 톡톡히 해내고 있다.

나는 구내식당에 들어서자마자 출입로 끝을 살폈다. 오늘 저녁에는 성녀 마르틴이 오지 않았다. 대신 아르튀스가 그녀의 자리를 차지하고 있었다. 이상적인 풍경은 아니었다. 오늘도 아르튀스는 우리를 하나님에게 인도하기 위해 고래고래 고함을 칠 테니까. 그래도 먹고 마실 수 있으니 다행이다. 아르튀스가 당번인 날이면 나는 이어폰을 끼고 음악을 듣는다. 배터리가 떨어진 경우에는 이어폰으로 귀를 그냥 막아버린다.

"나심, 이리 와, 여기에 자리가 있어."

"어이쿠, 아까 보고 또 보네!"

"하하, 지겹더라도 좀 참아. 오늘은 그리스도의 밥 딜런이 왔으니까. 보고 싶어 했잖아, 안 그래?"

"염병할, 내가 보고 싶었던 건 저자가 아니야. 그런데 선교회가 목자를 충원할 생각이 진짜 없대?"

"알도에게 세례를 해준 일전의 그 인도 남자 말이야?"

"응, 그 친구라면 나쁘지 않지. 그는 다른 놈들과는 다르니까. 적어도《성경》이 뭔지는 알잖아."

아르튀스가 모두에게 종이를 나눠주고 기타를 들었다. 오늘 저녁에는 사하라인과 사하라 남부 사람들이 홀을 채우고 있다. 모두 노래할 마음은 없지만, 거위 간과 메르게즈 값을 치르려면 별수 없다.

나심이 안경을 꺼내 쓰며 물었다.

"쿰바야… 이건 또 뭐야?"

"쿰바야? 그는 노숙인들의 신이야. 오늘날 파리에 사는 위대한 예언자이지. 그는 시궁쥐의 모습을 하고 있어. 그를 알아보는 날, 이 땅은 구원받을 거야."

"크리스티앙, 너 바보 같아."

아르튀스가 노래를 하며 하나님에게 우리의 기도와 흐느낌을 들어달라고 간청했다. 그리고 "하느님이 우리의 말에 귀를 기울이셨다고 확신합니다"라고 혼자서 결론을 내렸다. 오늘 다 같이 강독할 《성경》 구절은 '사악함과 간교함'을 버리고, "갓 태어난 아기가 어머니의 젖을 갈구하듯, 순수한 영혼으로 하나님을 갈구하라"는 내용이었다. 맞는 말이지만, 우리 같은 노숙인들에게는 큰 도움이 되지 않는다.

강독은 우리 모두가 '선택받은 민족'이며, '성스러운 영혼'을 지닌 '하나님의 백성'이라는 말로 끝났다. 그런데 나는 그가 말하는 '우리 모두'가 누구를 지칭하는지 궁금하다. 정말로 그렇다면 좋겠지만, 아무리 생각해도 노숙인은 아닌 것 같다.

아르튀스가 아브라함과 그의 아들들에 관해 즉흥 연설을 시작했다. 그러면서 길을 잃지 않으려면 이스마엘을 알아야 한다고 강조했다. 연설은 '하나님의 숨결과 이스마엘의 영혼'을 찾아 당나귀를 타고 가는 예수 이야기로 끝이 났다.

크레셴도로 높아지다가 아다지오로 끝맺은 연설의 마지막 부분은 매우 감동적이었다.

샐러드가 나오고, 알도가 테이블 사이를 돌며 물과 빵을 나뉘주었다. 나는 물잔을 흔들고, 와인처럼 향기와 맛을 음미했다. 나심을 웃기기 위해서였다.

"크리스티앙, 내가 왜 너를 좋아하는지 알아?"

"아니, 대체 날 왜 좋아하는데?"

"네가 좋으니까."

"나심, 나도 그래. 물 마실래?"

"아니, 고맙지만 괜찮아. 물이라면 지난달에 지겹도록 마셨거든."

꿈꾸던 집

생트마르트의 담장 위에서 어깨 너머로 문장 구성을 살피는 나심과 《오늘도 살아내겠습니다》의 교정본을 읽던 날이었다. 엠마우스로부터 전화가 걸려왔다. 2018년 8월 6일, 오진 11시였고, 더위에 지친 벨빌은 한산했다.

전화를 건 남자가 말했다. 파리 북부의 인근 교외에 내가 살 집을 구했다고.

이날이 오기까지 자그마치 3년 반을 기다렸다. 나는 너무 기뻐서 기절할 지경이었다.

집을 찾는 일로 남자는 이미 수차례 전화를 걸었었다. 그리고 늘 마땅한 집을 구하지 못했다는 소식을 전했다. 그런데 그날은 달랐다. 욕실이 딸린 진짜 방을 구한 것이다.

2015년 4월 17일부터 2018년 8월 6일까지, 모두 며칠인지 셈을 해봐야겠다.

집을 구한 뒤 시간표를 다시 짜며 나는 깜짝 놀랐다. 처음에는 침대가 너무 낯설어서 밤이 길게 느껴졌다. 반나절이 걸리던 세면은 10분이면 끝났고, 선교회에서 길게 줄을 서야만 마실 수 있던 커피는 즉석에서 끓여 마실 수 있었다. 작은 냉장고도 생겼다. 내일을 위해 장을 볼 수 있게 된 것이다.

나는 달라진 하루와 일상에 천천히 적응해갔다. 초반부에 가장 당혹스러웠던 점은 3년 반 동안 부재했던 집 열쇠였다. 나는 열쇠를 호주머니에 넣지도 못하고 3일간 손에 꼭 쥐고 다녔다.

샤워를 마치고 커피를 마신 뒤에는 거의 매일 친구들이 있는 생트마르트 광장으로 산책을 나갔다. 우리는 대화를 나누었고, 나도 그들도 변한 것은 없었다. 한 가지 달라진 점은 있었다. 20킬로그램에 달하던 배낭의 무게에서 자유로워졌다는 것! 지금 내 가방 속에는 책 한 권과, 메모지철 하나, 연필 몇 자루가 들어 있다. 나심을 제외하고는 모두가 시큰둥한 반응을 보이지만, 독서는 내가 포기하지 않고 《오늘도 살아내겠습니다》를 완성하게 해준 원동력이었다.

친구들은 내게 찾아온 변화를 진심으로 기뻐했다. 우리 사이에는 질투심 따위가 들어설 자리가 없다. 시기심은 거리의 정신과는 거리가 멀다. 한 사람이 나가면 다른 한 사람이 그 빈자리를 채우는 곳, 그것이 거리다.

집이 생겼으니 이제 내 아들 피에릭을 다시 볼 수 있다. 판결문에도 그렇게 명시되어 있다. 2014년 9월 11일은 내가 아들을 마지막으로 본 날이다. 당시 12살이었던 녀석이 지금은 16살이다. 이제 제법 남자 티가 날 것이다. 녀석을 만나면 꼭 안아줘야겠다. 그리고 다시 직장에 다니게 되면, 녀석을 데리고 아침저녁마다 산책을 나가야겠다. 생트마르트 광장, 내 마음속의 벨빌로.

타인 없이는 나를 말할 수 없다

우리나라 인구는 총 5,000만 명이 넘고, 프랑스는 6,500만 명이 넘는다. 이 중 노숙인의 수는 우리나라의 경우 약 10만 명, 프랑스의 경우 14만 명 정도로 추정된다. 그러나 프랑스의 집계 결과가 거주민 2만 명 이상의 중소 도시를 대상으로 조사해 추측한 것임을 감안하면, 실제 노숙인의 수는 더 많다고 볼 수 있다. 우리나라도 마찬가지다.

《오늘도 살아내겠습니다》는 파리의 유명 레스토랑의 소믈리에이자 한 가정의 가장이었던 크리스티앙 파쥬가 노숙인으로 거리에서 생활하며 경험하고 느낀 일들을 기록한 비망록이다. 아내가 떠난 뒤, 그는 직장과 집을 잃고 거리에서 3년 반을 살았다. 이 기간 동안 그는 @Pagechris75라는 아이디로 트위터에 꾸준히 글을 올리며, 빨간색 반다나, 턱수염, 검정색 스웨터, 20~30킬로그램에 달하는 배낭으로 세상에 알려졌다.

이 책이 나오기까지 저자가 거리에서 쓴 글을 매일 받아서 깨끗한 종이에 옮겨 적은 엘루아 오두앙루조는 한 언론과의 인터뷰에서 이렇게 말했다. "나는 아무도 타인의 삶에 관여하지 않고, 관심조차 갖지 않는 파리에서 태어나 자랐다. 슬프지만 이것이 내가 사는 땅의 현실이었다. 나는 이러한 실상을 세상에 알리고 싶었다. 이것이 크리스티앙 파쥬가 입버릇처럼 말하는 '거리의 형제들'에게로 눈을 돌린 이유였다."

그의 말처럼 현실은 지나치게 냉혹하고 슬플지 모른다. 그러나 본문에 등장하는 착한 시미리아인처럼, 우리가 사는 사회에는 온정을 나누는 이들이 늘 존재했다.

이에 대한 일례로, 인도에 살던 한 노인은 13년간 인도 전역을 돌며 부자들에게 각자 가진 땅의 일부를 가난한 사람들에게 나누어달라고 부탁했다. 행색은 초라했지만, 사실 그는 인도의 카스트에서 가장 높은 계급인 브라만 출신이었다. 그의 이름은 비노바 바베°다. 그는 13년간 총 8,000킬로미터를 걸어 부유한 사람들에게 8만 제곱킬로미터에 달하는 땅을 증여받았다. 그는 언제나 가난한 이들을 위해 헌신했고, 인도의

빈부 격차를 해소하기 위해서는 가진 자가 못 가진 자에게 베풀어야 한다고 믿었다. 증여받은 땅을 최하층 국민들에게 나눠준 다음, 그는 가난하게 살다가 여생을 마쳤다. 이 이야기는 한 사람의 선한 의지가 많은 이의 마음을 움직여 더 많은 이에게 삶의 의지가 된다는 사실을 입증하는 좋은 예이다.

국내 노숙인 중에는 파산과 신용불량으로 거리 생활을 시작하는 이가 많다. 알코올 중독이나 정신적·신체적 장애, 질병도 노숙을 하게 되는 주요인이다. 이들 중에는 장애 등급이 없는 장애인도 존재한다.

〈컨선스9〉[oo]의 보도에 따르면 집을 잃은 사람이 노숙인이 되는 시간은 2주면 충분하다고 한다. 2주간 잘 못 먹고 잘 씻지 못하면 10년 된 노숙자나 2주 된 노숙자나 외관상 별 차이가 없다는 것이다. 일부 노숙인들은 경제적 자립을 할 수 있는 여건이 된다면 사회로 복귀하고 싶다는 의지를 보이지만, 사실상 이들이 구할 수 있는 일자리는 일용직이나 단순 노동

[o]   Vinoba Bhave(1895~1982). 인도의 비폭력 인권 운동가. 간디의 제자이자 간디 사상의 계승자로, 인도의 독립과 열악한 현실을 위해 평생을 헌신하였다.
[oo] 실종자, 노숙인, 인권, 다문화 가정, 여성, 환경, 노인, 유기동물 등을 심층적으로 추적하는 탐사 프로젝트. 유튜브 채널을 운영하고 있다.

에 그친다. 이것은 사회의 구조적인 변화 없이는 어느 누구도 노숙인 문제에서 자유로울 수 없음을 의미한다.

프랑스에는 세입자를 보호하는 법이 있다. 집세를 오래 밀린 세입자일지라도 겨울철엔 내쫓을 수 없도록 법으로 정해놓은 것이다. 그러나 이러한 관용은 추위가 물러나는 매년 4월 1일 효력을 잃는다. 2018년 11월 17일 시작된 '노란 조끼 운동'의 중심인물 대다수는 주거권 위기에 노출된 사람이었다. 치솟는 부동산 가격과 빠듯한 임금, 은퇴 후 생활을 지탱하기에 부족한 연금, 사업 실패, 가정의 위기 등으로 살던 곳에서 밀려나는 사람들의 이야기는 비단 프랑스만의 문제가 아니다.

주거권의 획득은 인간이 인간답게 살기 위해 필요한 기본 요건이다. 이에 대해 하버드대학교 사회학과 교수 매튜 데스몬드는 그의 저서 《쫓겨난 사람들Evicted》에서, 거리로 쫓겨난 사람들은 영혼이 붕괴되고 자립할 힘을 상실한다고 말했다. 그럼에도 세계의 여러 대도시에서는 노숙인을 쫓아내기 위해 건물 앞에 철책을 설치하고, 벤치를 철거하거나 새로 도입할 벤치에 누울 수 없는 모양의 디자인을 적용하는 등 반노숙인 정책을 시행하고 있다. 우리나라의 사정도 크게 다르지 않다. 언젠가부터 새로 설치된 벤치의 중앙에 팔걸이가 만들어진 점을 눈여겨본 사람이라면 쉽게 수긍할 것이다.

　노숙인들은 어느 날 갑자기 외계에서 지구로 떨어진 생명체가 아니다. 그들도 한때는 누군가의 자녀였고, 부모였으며, 우리나라의 경제 발전을 이끈 사회 구성원이었다. 이런 이들에게 '실패자'라는 낙인을 찍고 비난을 가하고 사회에서 몰아낼 권리가 과연 누구에게 있는지 한 번쯤 되짚어볼 일이다. 그리고 이 책의 저자 크리스티앙 파쥬가 인터뷰를 통해 밝혔듯, "타인 없이는 나를 말할 수 없다"는 사실을 마음속에 새겨볼 필요가 있다.

　《오늘도 살아내겠습니다》의 저자 크리스티앙 파쥬는 이제 무거운 배낭에서 자유로워졌다. 3년 반의 추구 끝에 마침내 거리 생활을 접을 수 있게 되었다. 그가 거리에서 '살아낸' 시간들에 경의를 표하며, 끝으로 〈르 누벨리스트Le Nouvelliste〉와의 인터뷰에서 크리스티앙 파쥬가 한 말을 남긴다.

　"책을 쓰는 것이 목적은 아니었다. 다만 지난 3년 반 동안 거리에서 생활하며 내가 느끼고 생각한 것들을 표현하고 싶었다. 나는 아내와 이혼을 하고, 직장을 잃고, 집을 잃었다. 이것은 내게 큰 시련이었다. 지난 세월 나는 지붕을 얻기 위해 수많은 투쟁을 해왔다. 그리고 이제야 비로소 안전한 보금

자리가 생겼다. 새로 생긴 집은 크거나 화려하지는 않지만 기본적인 생활을 하는 데 어려움이 없다. 더는 무거운 배낭을 들고 다니지 않아도 되고, 밤이면 위협받을 걱정 없이 잠들 수 있다. 냉장고도 생겼다. 냉장고의 유무는 삶에 엄청난 차이를 가져다준다. 내일 먹을 식품을 구입해 저장한다는 것, 이것은 '오늘'밖에 없던 나에게 '내일'이라는 희망이 생긴 것을 의미한다. 실패한 인생을 다시 시작하기에 꼭 필요한 변화다."

옮긴이 **지연리**

1995년 성신여자대학교 서양화과를 졸업했다. 1999년 프랑스로 건너가 파리 제8대학교에서 조형미술을 공부했다. 2004년 정헌메세나 청년작가상을 수상했다. 탄생과 소멸, 평면과 입체, 빛과 어둠 등 이분된 양극 사이에 주목한 작품을 〈Entre-temps, 1과 2/1〉〈Entrevoir〉〈꿈속의 꿈〉 등 개인전과 여러 단체전을 통해 꾸준히 발표해 왔다.

옮긴 책으로 《코끼리에게 필요한 것은?》 《두 갈래 길》 《남은 생의 첫날》 《내가 언제나 바보 늙은이였던 건 아니야》 《행복한 걸인 사무엘》 《너의 꿈 끝까지 가라》 《세상은 나를 울게 하고 나는 세상을 웃게 한다》 등이 있고, 《술 취한 코끼리 길들이기》 《매일 아침 1분》 《Big et Bang》 등 프랑스와 한국에서 50여 권의 책에 일러스트를 그려 넣었다.

현재 북한산 자락에서 16살 된 노견과 함께 생활하며 그림을 그리고, 번역과 외서 기획 및 삶에서 얻은 것들을 틈틈이 동화의 형식으로 기록하고 있다. 저서로 어른을 위한 동화 《파란 심장》이 있다.

오늘도 살아내겠습니다

1판 1쇄 인쇄 2020. 3. 24.
1판 1쇄 발행 2020. 4. 2.

지은이 크리스티앙 파쥬
옮긴이 지연리

발행인 고세규
편집 김성태 디자인 조은아 마케팅 신일희 홍보 최정은
발행처 김영사
등록 1979년 5월 17일(제406-2003-036호)
주소 경기도 파주시 문발로 197(문발동) 우편번호 10881
전화 마케팅부 031)955-3100, 편집부 031)955-3200 | 팩스 031)955-3111

값은 뒤표지에 있습니다.
ISBN 978-89-349-9324-7 03860

홈페이지 www.gimmyoung.com 블로그 blog.naver.com/gybook
페이스북 facebook.com/gybooks 이메일 bestbook@gimmyoung.com

좋은 독자가 좋은 책을 만듭니다.
김영사는 독자 여러분의 의견에 항상 귀 기울이고 있습니다.

이 도서의 국립중앙도서관 출판예정도서목록(CIP)은 서지정보유통지원시스템 홈페이지
(http://seoji.nl.go.kr)와 국가자료공동목록시스템(http://www.nl.go.kr/kolisnet)에서
이용하실 수 있습니다.(CIP제어번호 : CIP2020008132)